Mme ANAÏS MARCELLI

MUSÉE POÉTIQUE

ILLUSTRÉ PAR

FROMENT, GÉRARD-SÉGUIN

RIOU, MATTHIS, REGAMEY, Mlle EDMÉE PAU

PARIS

HETZEL, LIBRAIRE-ÉDITEUR

18, RUE JACOB, 18

1866

A ma Mère

Mme ANAÏS MARCELLI

MUSÉE POÉTIQUE

ILLUSTRÉ PAR

FROMENT, GÉRARD—SÉGUIN

RIOU, MAUDRIS, REGAMEY, Mlle EDMÉE PAU

PARIS

J. HETZEL, LIBRAIRE-ÉDITEUR

18, RUE JACOB, 18

1866

PARIS, J. CLAYE, IMPRIMEUR

7, RUE SAINT-BENOIT.

JENNY

JENNY

Sur les prés silencieux,

Il disait, foulant les roses :

« Jenny, de l'azur des cieux

Une goutte a fait tes yeux. »

Que l'amour dit bien les choses !

Il reprit en soupirant :

« Cette brise est amoureuse ;

N'entends-tu pas, belle enfant ?
Elle est heureuse en aimant. »
Et je me sentis heureuse.

Combien j'avais d'embarras !...
Il en ressentait de même ;
Nous ralentissions le pas...
Je sentais trembler son bras...
A quoi bon dire : Je t'aime !

Des zéphyrs, des eaux, des bois,
Nous écoutions l'hymne tendre,
Seuls, sans rien dire, je crois ;
Mais il paraît que parfois
Sans parler l'on peut s'entendre.

Nous espérions de beaux jours !...
Mais tout change sur la terre.
Les oiseaux et les amours

Auront des ailes toujours :

Toute joie est éphémère !

L'amour vite se fait vieux !...

A l'heure où la nuit s'achève,

On revit les amoureux

Se séparer tous les deux :

Est-ce une histoire... est-ce un rêve ?

FANTAISIE

FANTAISIE

Vous qui comptez vingt ans et passez sur la terre.

Comme un essaim bruyant à travers les vallons.

Les villes, les palais, les plaines et les monts

Aimez! l'amour enivre et la jeunesse altère!

Aimez les doux yeux bleus, doux yeux aux reflets bruns.

Caméléons d'amour; aimez les femmes blondes.

Dont les cheveux dorés exhalent des parfums.

Et plus blanches encor que la reine des ondes !

Et vous que la beauté charme sans retenir.

Vous qui, jouets du vent incertain des caprices.

Au début de la vie êtes las du plaisir,

Choisissez des amours à vos vœux plus propices ;

Aimez aussi la gloire, et, pour ses vains honneurs,

Courez verser le sang qui fait battre les cœurs !

Courtisez le pouvoir, recherchez les richesses :

— Plus l'homme se croit fort, plus il a de faiblesses ! —

De la corruption admirez le fanal ;

Tout au monde réel, et raillant l'idéal,

Recherchez le haut rang, la fortune, la femme...

Moi, j'aime une âme !...

Plus douce qu'un regard d'enfant,

Plus tendre qu'un baiser de mère,

Plus pure que le voile blanc

De la vestale solitaire ;

Plus rêveuse que la chanson

Du beau gondolier de Venise,

Lorsqu'en ramant il chante à l'unisson

Avec le flot, avec la brise !

Plus amoureuse qu'un soupir,

Car c'est une âme de poëte...

Ah! dans l'espace où Dieu la jette,
Qu'il veuille un jour nous réunir!

Chère âme, triste étoile, errante dans les cieux,
Flambeau d'un cœur que tes rayons ravivent,
Vers l'éther azuré, mon amour et mes yeux
Te suivent!

A d'autres tous les biens de notre humanité!
Qu'ils goûtent ses plaisirs sans constance et sans flamme,
Ombres de la félicité!...
La mienne, plus durable est pour l'éternité :
Moi, j'aime une âme!

L'AMANT DE LA ROSE

L'AMANT DE LA ROSE

DÉDIÉ A JENNY.

Mes beaux rosiers, à la haute stature.
Qu'avait glacés un blanc hiver,
Vite, prenez votre parure!
Le mois chéri de la nature,
Avril, renaît brûlant et fier.

L'éclosion qu'entoure le mystère

Perce partout les terrestres contours,

Et le jeune docteur ès science en amours,

Qu'on nomme le Printemps, rend la vie à la terre!

Déjà d'impatients bourgeons

Sortent en manteau d'écarlate,

Et, sous l'ardeur des vifs rayons,

La feuille, encor tout enroulée, éclate.

Sous les baisers des papillons,

Les caresses des brises chaudes,

Naissez, ô lyres d'émeraudes,

Lyres qu'on appelle boutons.

Pour parer les fleurs mi-closes,

De légers nuages gris

Laissent tomber sur les roses

Les perles du Paradis.

Dans votre élan, que rien ne vous arrête;
Épanouissez-vous! étalez vos couleurs!
Et, roses, offrez-vous, comme un bouquet de fête,
   Au blond Phébus, qui féconde vos fleurs.

   Si le rayon qui ruisselle,
   Trop ardent, vous fane un peu,
   N'avez-vous pas, pour ombrelle,
   Le feuillage du bon Dieu?

   Si votre Beauté s'ennuie,
Si, comme Danaé, vous voulez un trésor;
A vos pieds, le soleil fera tomber en pluie
   Des milliers de gerbes d'or!

   Ouvrez vos feuilles vermeilles
   A la fraîcheur du matin.
   Entendez-vous les abeilles
   Qui réclament leur butin?

Vos épines sont les armes
Qui défendront vos attraits ;
Ne doutez pas de vos charmes,
Belles reines sans palais !...

Savoir plaire est votre gloire,
Triompher est votre loi ;
Disputez-vous la victoire
Dans ce champêtre tournoi.

Vos ans, à vous, sont des minutes ;
Jeunes dès le matin, vieilles avant le soir,
La nuit vient terminer vos luttes,
Et l'on ne vous a dit que « bonjour et bonsoir. »

Mais votre fleur est un poëme
Dont vos feuilles sont les feuillets
Où l'amour écrit : « Je vous aime, »
Malgré la mort et ses décrets !

Ah! de vos multiples corolles
Il se dégage un pur encens!...
Baume divin, qui rend les têtes folles,
Et m'enivre quand je le sens...

Il se peut qu'une vierge vienne,
Séduite par ces doux parfums,
Et de sa main marmoréenne,
Vous cueille pour ses cheveux bruns...
Il se peut qu'on vous tresse en couronnes candides.
Pour en parer le front des rosières timides...

Rose, qui, semblable aux héros
Êtes avide de conquêtes.
Vous que teignit le sang d'Éros.
Vous que cultivent les poëtes ;

Vous qui, sur d'antiques drapeaux.
De vos feuilles brodiez les marques,

Et décidiez du destin des monarques

Dans une île riche en vaisseaux !...

Ah ! de vous que dirai-je encore ?

Récompense du gai talent,

L'on vous cueillit sur le tombeau d'Isaure !

Courrière parfumée, un poétique amant

Vous donne des baisers pour celle qu'il adore...

O chère fleur ! gage des amoureux.

Naïve comme leur tendresse,

Et fraîche comme leur jeunesse.

Combien avez-vous fait d'heureux !

Votre nom se rattache aux amours comme aux gloires ;

La rose la plus simple a son petit roman.

Et qui se vanterait d'écrire vos mémoires,

Serait un vaniteux, ou bien un courtisan.

Pauvres amants, vous n'aimez qu'une belle,

Moi, la rose a mes faveurs,

Et ses grâces sont des fleurs

Que chaque jour renouvelle...

Vous n'avez qu'une joie, et j'ai mille bonheurs!

A LA MER

A LA MER

Salut, brises vivifiantes,
Dont les caresses bienfaisantes
Nous portent des parfums qui rendent la santé!
Salut, limpide immensité!...

Jusqu'aux pôles de notre sphère
Les plus audacieux ne sont point parvenus.
Et la glace défend et voile de mystère
Des océans inconnus!...

Qui pourrait sonder tous ces antres,

Se plonger dans ces profondeurs,

Et savoir où logent ces chantres

Dont la voix constamment chante à travers des pleurs?..

Que d'innombrables plaintes!...

Imposantes douleurs!

Vous faites ressentir de secrètes étreintes,

Et l'âme est plus fervente en écoutant vos chœurs.

Devant ces flots mousseux qui tour à tour mugissent,

Dans l'esprit étonné mille pensers surgissent;

De tout il veut connaître et l'idée et le but,

Et l'homme est ici-bas un chasseur à l'affût.

Qui me dira si Dieu pour la terre a fait l'onde?

Ou s'il voulut créer un monde.

Tout un monde de juifs errants,

Qui, d'une course mesurée,

Sans s'inquiéter des courants.

File malgré vent et marée?

De ces peuplades de muets

Quels sauraient être les projets?

Porteurs d'une armure d'écailles,

— Sans avoir l'ardeur des batailles, —

Navigateurs au long cours,

Somnambules bâillant sans cesse,

Pourquoi semblent-ils fuir toujours,

Promenant leur ennui dans d'infinis parcours,

Ignorant le bonheur du nid, de la tendresse,

Et subjugués pourtant par la loi des amours?...

Dans ces climats sans canicule,

Sans cités et sans véhicule,

Où vont-ils, ces pèlerins?...

En vain je les interpelle :

Sont-ils joyeux, ou chagrins?

Et s'ils ont une cervelle,

A quoi, grands dieux! leur sert-elle?

Ils passent en régiments...

Ont-ils des gouvernements?

Si les chartes des mers, en secret, les régissent.

C'est bon pour le fretin : les grands s'en affranchissent.

Les requins règnent là, de par leurs appétits,

La baleine a prouvé qu'elle est peu philanthrope;

    Enfin les gros dévorent les petits !

Un noyé rapporta qu'il s'y crut en Europe.

Mais le peuple aquatique est digne des respects.

    Et je me livre à la satire !

    Retournons vite aux sublimes aspects

De ces mers renfermant le danger qui m'attire

    L'aube se lève !.. écoutez la chanson

Qui vole sur les flots chantant à l'unisson...

    L'ombre s'échappe diaprée.

    Et, sur la route des marins,

    Accourent les zéphyrs mutins,

    Gais promeneurs des clairs matins.

Qui recouvrent la mer d'une écharpe nacrée.

    Puis, le soir, quand l'astre de feu

    A notre monde dit adieu,

Quand l'horizon paraît une fournaise ardente.

Que l'onde empourprée est bouillante,

Que la nue est phosphorescente,

Notre cœur retient un soupir :

    A ce déclin céleste,

C'est un Dieu qui va s'endormir...

C'est un jour de moins qui nous reste !

Puis la nuit vient tout obscurcir...

Et moi, je rêve, et sur un roc assise,

A peine si je sens chaque flot qui se brise

    En venant à mes pieds mourir....

Heureuse, je tressaille aux ardeurs de la bise

    Qui siffle à tort, à travers,

    Et s'agite avec les mers.

    On dirait, sous les pirogues,

    Qu'elles font des dialogues !...

Et l'ombre en vain s'épaissit et descend ;

    L'œil croit voir... et l'âme entend.

    Comment dire, sans emphase,

    Que j'éprouve de l'extase

En contemplant les jeux de vastes eaux ?

Tantôt l'onde se tait, mollement se balance ;

Tantôt elle bondit, se replie, et s'élance...

Ces spectacles sont vieux et toujours sont nouveaux ;

　　　Les vagues, que le temps protége,

Ont apporté Vénus dans leurs mille berceaux.

　　　Berceaux d'émeraude et de neige !...

　　　Que chaque lame est belle à voir !

Au nuage qui passe elle sert de miroir.

Elle étend son cristal de même qu'une gaze,

Pour baigner sur la rive un sable de topaze ;

　　　　Elle glisse sous nos pas,

　　　　Elle invite, caressante,

　　　　Elle écume, envahissante,

　　　　Traîtresse, et pleine d'appas

　　　　Elle embrasse les rivages !...

　　Ce grand mystère a défié les âges !

　　　Savants, orgueilleux indiscrets.

　　　Qu'elle est vaine, votre science !

　　　Que d'impénétrables secrets

Restent fermés devant l'humaine intelligence !

Cependant, toujours l'homme aspire à réussir,

 A faire un pas de plus dans l'avenir.

Donc l'esprit inquiet, avide de conquêtes,

Veut compter des héros, veut créer des prophètes !

Il fouille, nuit et jour, dans les siècles fameux,

Demande la lumière aux âges ténébreux ;

Mais rarement, hélas ! leur flambeau se rallume,

Et triste, à bout d'efforts, le chercheur se consume.

  Qui sait tout, qui règne en tout lieu ?

   Un seul... c'est Dieu.

Voyez les flots amers qui se pressent en foule

Au gré de l'aquilon, qui sur eux se déroule,

 Vomissant des vents furieux :

Quelle lugubre nuit ! quels bruits mystérieux !...

De sourds mugissements grondent au fond des ondes,

Comme si des géants y remuaient des mondes !...

Les éléments jaloux se livrent des combats...

Du tonnerre l'écho répète les éclats ;

Le chaos est dans l'espace...

L'implacable ouragan sans fin passe et repasse.

Et, quand au feu du ciel l'Océan s'éclaircit,

Que voit-on ?... Un navire au loin qui s'engloutit;

Puis un... puis deux... puis tous suivent la même route;

Car les plus forts lutteurs sont vaincus dans la joute.

On aperçoit leurs mâts s'enfoncer lentement,

Ils entrent chez la Mort majestueusement !..

Et la mer, folle d'épouvante,

Se reconnaissant impuissante

A calmer l'infernal fracas,

Élève jusqu'au ciel ses vagues en démence,

Comme de gigantesques bras,

Pour implorer la sainte Providence !

Du sommet des cieux irisés,

Alors Dieu, regardant l'Océan en délire,

Les naufragés implorant son empire,

Dit à la Vierge de sourire...

Et les flots furent apaisés.

Terre ! Océan ! rien ne peut vous soustraire

Aux décrets émanant du ciel !

Votre puissance est secondaire.

Lui seul fait la fleur et le miel ;

Lui seul fait la force et la vie.

La beauté dont l'âme est ravie.

Le cœur naïf qui sait aimer.

Les arts qui savent nous charmer.

Les vertus se cachant sous de gracieux voiles.

Le génie instruisant les jeunes nations.

Le jour éclatant de rayons.

L'astre d'argent et toutes les étoiles !

A BEYROUTH

ABD-EL-KADER — DE LA VICERIE

A BEYROUTH !

A Beyrouth ! c'est le vœu, c'est le cri de la France !

A Beyrouth, sans retard, portez la délivrance,

Soldats chrétiens !... Le peuple accompagne vos pas.

Le peuple tout entier vous presse dans ses bras.

Ses mains serrent vos mains, sa voix remplit la plage.

Et ces adieux touchants sont d'un heureux présage.

Embrassez vos amis... L'on sonne le départ...
Répondez aux vivats, en hissant l'étendard !

L'impatient steamer s'ébranle, glisse et fume,
Rugissant sur le flot qui s'argente d'écume;
Mais en vain l'horizon menace des autans.
En vain, du fond des mers, hurlent les ouragans :

Le ciel, qui vous conduit sur la vague apaisée.
Mêle aux drapeaux français sa bannière irisée;
Et la nuit, ramenant sur vos fronts un air pur,
De ses mille fanaux éclairera l'azur.

Dans le vaste parcours des ondes infinies,
Vous entendrez alors d'errantes harmonies.
Rêves mystérieux, et fugitifs concerts.
Que murmure la brise et qu'écoutent les mers...

Le jour éclatera par des gerbes pourprées,
Aux sons bruyants et clairs des trompettes sacrées;

Et dans les rayons d'or et les zéphyrs plus doux,
L'ange libérateur viendra s'unir à vous !

Voguez rapidement : son aile vous protége ;
L'espoir est avec vous, Jésus vous fait cortége.
Mais le Tibre paraît... faites tonner l'airain :
Saluez, en passant, le Pontife romain !...

O martyrs de Beyrouth ! frères qu'on assassine !
A vos douleurs chacun sent battre sa poitrine,
Et d'un peuple indigné contre vos oppresseurs
La France, la première, arme les bras vengeurs.

Elle saura dompter, malgré leur barbarie,
Ces Druses sans pitié, bandits de la Syrie ;
Fanatiques soumis à la fatalité,
Et dont le Croissant vient couvrir la cruauté.

On les voit tout à coup sortir de leur montagne,
Comme un tigre bondit quand la rage le gagne ;

Ils courent, se ruant à travers les versants,

Et brandissent dans l'air leurs glaives menaçants.

Ils ont l'œil enflammé, le cri rauque, et la joie

D'avides ennemis qui flairent une proie;

Et, plus prompts que les flots et plus tumultueux,

Du sommet du Liban descendent furieux...

Les chemins sont remplis de femmes éperdues;

Leurs époux sont tués, leurs filles sont vendues,

On les traîne au harem et sur leur voile blanc

La main des vainqueurs laisse une empreinte de sang.

Ils égorgent l'enfant sur le sein de sa mère,

Et l'innocent sourit devant leur cimeterre !...

Mais rien ne peut suspendre un instant leur courroux,

Ils ont faim de la chair !... soif du sang !... Ils sont fous !...

Le fer, le feu, tout sert leurs basses convoitises;

Ils pillent les couvents, ils brûlent les églises;

La terreur les devance et le meurtre les suit;
Et, pareils au fléau qui vous frappe et qui fuit,

Ils passent. détruisant, dans leurs courses fébriles,
Les vieillards, les enfants, les bourgades, les villes,
Les plus doux animaux, les prés en floraison,
L'arbre paré de fruits et l'or de la moisson.

Aux sinistres clameurs de ces hordes maudites,
S'élève un long sanglot du sein des Maronites!...
Damas en est émue; Antioche est en pleurs;
Et la nue, en fuyant, porte à Dieu leurs douleurs!...

Pour apaiser la lutte au sein de la Syrie,
Courageux, éloquent, un jeune abbé français
Se dévoue au malheur : Charles Lavignerie
Vient arrêter le glaive, apôtre de la paix.

La sainte foi l'anime et lui donne des ailes;
Il élève la voix. il court aux insensés,

Ses mains vont séparer les chrétiens des rebelles ...
Quoique blessé lui-même, il soigne les blessés !

Un musulman, un seul, un vaincu grand encore,
Abrite de son nom des chrétiens qu'il honore,
Car il apprit, captif, mais respecté de nous,
La plus sainte des lois : la justice pour tous.

Il prodigue au malheur cette douce clémence
Qu'enseigne à son grand cœur le pardon de la France.
Cet Arabe peut-il se dire encor païen?
Son génie est français, et son cœur est chrétien !

Haute et blanche montagne, ô Liban solitaire !
De toi le Druse a fait un immense Calvaire;
Nos frères sur tes flancs sont couchés sans tombeaux,
Et des vautours cruels sont leurs derniers bourreaux.

Honte sur des vainqueurs qui souillent la victoire !
Dieu, pour les châtier, les offre à notre gloire :

Secondons sa colère avec de saints transports.

Et cueillons des lauriers, pour couronner les morts.

Allons, nouveaux Croisés, semer sur ces rivages

Les grandes vérités qui ressortent des âges :

Les bienfaits de la paix, la sage liberté,

Les chrétiennes vertus, les lois, l'humanité !

ANICETTE

ANICETTE

LA PSYCHÉ VILLAGEOISE.

Portant des fruits et des fleurs.
Anicette la marchande
S'en allait, les yeux rèveurs
Vers une ville normande.

De son bonnet villageois
Les deux barbes de dentelles

Encadraient son frais minois

Comme deux légères ailes.

Elle avait le pied cambré,

La joue aux roses pareille,

Et, sans courir sur le pré.

Elle devançait l'abeille !...

Sur sa tête elle tenait

Son panier d'une main blanche.

Et de l'autre elle assurait

L'équilibre sur sa hanche.

Parfois couvant du regard

L'aube qui dorait les nues,

Elle avançait au hasard

Ses petites jambes nues.

Quelque peintre ayant rêvé

Une Psyché belle et pure,

En elle aurait retrouvé

Sa candeur et sa figure.

Elle chante, en folâtrant,

Comme un oiseau qui s'échappe,

Naïf, heureux, ignorant

Et l'oiseleur et sa trappe!

Se faisant un jeu du vent,

Comme une frêle colonne,

Elle y résiste souvent,

Ou sourit et s'abandonne.

Le ruisseau, dans son sillon,

Babille avec la follette;

Son frère est le papillon,

Et sa sœur, la pâquerette.

L'arbre, la fleur, tout lui plaît;

Elle en cueille une et la garde;

En marchant d'un pas distrait,

Sans songer qu'on la regarde.

Mais je ne sais quoi lui dit

Qu'on la poursuit, qu'on l'appelle !...

Et d'un sentiment subit

Elle ressent l'étincelle.

Par surprise ou par frayeur.

Aussitôt elle redouble

De vitesse et de vigueur.

Sans rien comprendre à son trouble

Quand son petit pied tremblant

Heurte une pierre... Elle tombe !

« Aussi, pourquoi fuir, enfant,

Plus vite qu'une colombe ?... »

S'écrie un jeune étranger,

Accourant d'un air novice,

Ému de voir son danger.
Ému de rendre service.

Il saisit bien doucement
Nicette toute honteuse,
Et la lève lentement,
— Pour aguerrir la peureuse. —

S'il la serre un peu trop fort,
Oh! lui-même s'en accuse!
Pour elle il a craint la mort!...
Son bon cœur est son excuse.

Ébloui par tant d'attraits,
De son regard il l'entoure;
Puis vante ses jolis traits.
— Et beaucoup moins sa bravoure. —

Soutient qu'elle eut la pâleur
Des lis. et, par intervalle.

Qu'elle reprend la couleur
D'une rose de Bengale.

Elle goûte cet encens,
— Quoique sans coquetterie, —
Et se dit : « Nos paysans
N'ont pas sa galanterie.

— Là, reposez-vous un peu...
Encore un moment, de grâce!
Ajoute-t-il avec feu;
Ne faut-il pas qu'on ramasse

Ces roses qui vont périr?
Dans les petits soins j'excelle.
Accordez-moi ce plaisir...
— J'y consens, » répondit-elle.

Et, sur un banc vis-à-vis,
Elle s'assied, l'innocente.

Trouvant parfait un avis
Que donne une voix charmante!

Alors, il cherche alentour
Les fruits ou la fleur vermeille,
En regardant tour à tour
La fillette et sa corbeille.

Tantôt il fixe ses yeux,
Tantôt....s'exclame et soupire!...
Elle, ignorant tous ces jeux,
Y répond par un sourire.

Fleurs, fruits, il les mêle tous.
Et, la figure empourprée,
Il remet sur ses genoux
La petite panerée.

Sa main effleurant sa main.
Elle s'effraye et l'écarte.

Et puis se lève soudain,

Disant : « Il faut que je parte...

— Quoi! dit-il, en suppliant,

Nous quitter?... » — Puis il s'approche

Et partage, l'intrigant,

Son petit banc, sans reproche,

Et reprend : « Sais-tu qu'aux champs,

Quand ces fruits font ta couronne,

Chacun dit : Tiens! le Printemps

Qui nous apporte l'Automne!

Oui! comme un bouquet de fleurs,

On t'adore, on te respire,

Et la brise à tes senteurs

Se parfume avec délire!

N'as-tu pas un amoureux

Dont le nom rit sur ta lèvre?

— Jamais ! — Aimer rend heureux !

— J'aime ma mère et ma chèvre.

— Il est des bonheurs plus grands

Réservés à ton bel âge.

Près de toi regarde !.. entends !...

— J'entends gémir le feuillage...

Je vois l'herbe et les roseaux

Se rouler de droite à gauche...

Et, plus loin, je vois la faux

D'un morne faucheur qui fauche... »

Tous deux semblèrent pâlir !...

Quand, d'une voix doucereuse

Comme un souffle du zéphyr,

Il dit, la voyant rêveuse :

« Cette pêche, vends-la-moi :

Elle est toute mon envie ;

Pour y goûter après toi,

Moi, je te vendrais ma vie !

Elle a ce velouté fin

Que j'admire sur ta joue.

Et ce séduisant carmin

Que tu prends dès qu'on te loue. »

Ce compliment la ravit,

Lui cause une joie extrême.

— Il ment dans tout ce qu'il dit, —

Mais elle le croit. elle aime !

Son cœur s'éveille à l'amour.

Comme un rayon à l'aurore !

Elle veut fuir sans retour...

Et reste dès qu'il l'implore !

Persuasif, palpitant,

Il jure qu'il est sincère,

Et qu'il la respecte autant
Qu'elle peut aimer sa mère.

Ces mots consolant son cœur,
Alors, par reconnaissance...
Elle avoue à ce trompeur
Qu'elle eut de la méfiance!

« C'est mal, » répond le vaurien.
Et, montrant une fleurette :
« Pour te punir, veux-tu bien
Qu'à ton corset je la mette? »

Elle rit, rougit un peu,
Pleine de grâce ingénue.
Et prend le conseil de Dieu
En interrogeant la nue.

Après, sans plus de façon,
Elle dit : « De ma ceinture

Que votre bouquet mignon
Soit la première parure! »

Il l'attache de son mieux,
Avec l'air d'un bon apôtre;
Et le ciel voyait leurs yeux
Qui se miraient l'un dans l'autre.

Avec art, avec esprit,
Il prend l'air triste ou candide,
Ou s'exalte et s'enhardit,
Et sa paupière est humide.

Les serments ne coûtent rien
A cette bouche enfantine.
Et, comme un magicien.
Il l'étonne, la fascine.

Mourante d'émotion,
Elle prie et se raisonne,

Mais en vain... la passion
Dans ses doux bras l'emprisonne.

Contre un pareil séducteur
Son innocence est sans armes;
Et joyeuse, en son malheur.
Elle a l'ivresse des larmes!

L'air lui semble plus brûlant.
Et plus douces ses caresses.
Le gazon plus odorant....
Les fleurs portent aux tendresses!

L'amour est dans les buissons;
Auprès d'elle il court, il vole!
Partout il dit ses chansons...
Elle est heureuse, elle est folle!

Lui. choisissant du raisin
Une grappe qu'il becquète.

Égrène le fruit divin,

Qu'en jouant il lui rejette ;

Et, se rapprochant encor

D'Anicette moins farouche,

Il pressure les grains d'or

Juste au-dessus de sa bouche.

De ce jus délicieux

La fraîcheur est enivrante !...

Aux lèvres des amoureux

Il court une flamme ardente !

Et l'enfant, sentant ces feux

Dont l'ardeur altère l'âme,

S'écrie : « Oh ! parlez, je veux

Savoir d'où naît cette flamme !

Est-ce un piége, un malin tour ?

Vous êtes sorcier, je gage.

— Un peu. — Votre nom? — Amour,
Et je vous aime avec rage. »

Il l'entraîne sur son cœur...
O bonheur plein de mystère!...
L'enfant dit avec candeur :
« Vite ! Venez chez ma mère.

Elle aussi vous aimera,
Et, dans le vieux monastère,
Le curé nous mariera;
Vous vivrez dans ma chaumière...

— Moi? — Seriez-vous un seigneur?
— Je suis... de haute origine.
— Dieu!.. » dit-elle, et la douleur
Brisait sa voix argentine.

« Tu m'appris à te chérir,
Me cachant ton opulence,

Et tu ne pourrais trahir
Un cœur plein de confiance.

— Adieu! mais je reviendrai,
Dit-il d'une voix légère.
— Adieu?.. Non!.. Je te suivrai
Jusqu'à la terre étrangère!

— Laisse-moi partir, enfant.
— Quel changement! quel langage!
— Mon caractère inconstant
A grand'peur du mariage.

— Ciel! Alors... emmène-moi!
A genoux je le demande!
En souffrant auprès de toi,
Ma douleur sera moins grande.

Oui, je quitte mon hameau;
Oui, nous partirons ensemble, »

Dit-elle, et, frêle roseau,

Tout son beau petit corps tremble.

« Réponds donc à cet appel !...

Peut-on briser tant de joie ?

Le vautour est moins cruel

Puisqu'il emporte sa proie !...

Sainte Vierge, unissez-nous !...

Amour !... Partir quand je pleure !

Où sont les serments si doux

Que j'entendais tout à l'heure ? »

Il s'échappe de ses bras !...

Mais sa tendresse le brave...

Elle marche sur ses pas,

Sans connaître aucune entrave.

En criant avec l'émoi

Qui jette au cœur l'éloquence :

« Reviens ! ou je meurs d'effroi...
Te voir fait mon existence ! »

L'ingrat toujours s'éloignait,
Sans écouter ses prières,
Et l'amante le suivait,
Franchissant les fondrières,

Se mouillant dans les ravins,
Ou s'enfonçant dans le sable,
Sans chercher les doux chemins,
Amoureuse, infatigable !...

« Arrête-toi, par pitié !
Cher Amour ! je suis si lasse ! »
Le sang de son petit pié
Sur l'herbe marquait sa trace ;

Et l'herbage s'embaumait
A chaque goutte sanglante.

Et la fleur se colorait
Des blessures de l'amante.

Quelquefois on put la voir
Qui faiblissait dans la joute,
Puis soudain le désespoir
La redressait sur la route.

Alors, elle allait, courait,
Malgré sa peine cruelle ;
On eût dit un farfadet
Hors d'haleine et traînant l'aile !...

Le ciel enfin irrité
Ne contient plus sa colère,
Et jette à l'immensité
Les éclats de son tonnerre.

Mais Amour fuyait... riant,
Sans souci de la tempête,

Plus fort encore et cherchant
Déjà quelque autre conquête.

Épris du plaisir nouveau
Et n'en faisant pas mystère,
L'Amour fuit comme l'oiseau,
Sans regarder en arrière.

A celui qui la voyait
La pauvrette arrachait l'âme.
La fièvre qui l'épuisait,
De ses yeux doublait la flamme,

Et, sous un torrent de pleurs,
Lançait des rayons funèbres,
Comme l'ange des douleurs
Illumine les ténèbres.

Son courage, hélas ! fléchit...
Bientôt la douce innocente

Comme un lis qui se flétrit,
Courbe sa tête mourante...

Son pas devient plus pesant.
L'horizon lui paraît sombre...
Lorsqu'enfin le traître amant
S'évanouit dans son ombre!...

Ce coup frappe sa raison.
L'enfant éclate de rire,
S'affaisse sur le gazon...
Dit : « Je t'aime!... » puis expire!

Elle mourut, comme meurt un été,
En laissant sur le sol quelques roses dernières,
Et la mort fit revivre sa beauté
Dans les champs de l'aurore et des douces lumières!..

Puis, sur les prés, le lendemain,

Amour. qui regrettait trop tard la pauvre belle,

Vint chercher une fleur jaunie, et, de sa main,

La planta, lui disant : « Tu seras l'Immortelle ! »

PETITE MOUCHE

PETITE MOUCHE

Petite mouche, où vas-tu...
Sans tendresse et sans vertu?
A travers les brises folles
Tu voles, toujours tu voles!...
Petite mouche. où vas-tu?

Que cherches-tu donc toujours?
Dans tes rapides parcours,

Qui t'agite? qui te presse?
Est-ce la peur, l'allégresse?
Que cherches-tu donc toujours?

Magnétises-tu les flots,
Quand tu tournes sur les eaux?
Dans la fureur diabolique
De cette ronde magique.
Magnétises-tu les flots?

Voyageuse en tout pays,
Sans retraite et sans amis,
Tu n'as pas une compagne
Qui t'aime et qui t'accompagne,
Voyageuse en tout pays!

Quel est donc ce grand secret
Qui t'entraîne sans arrêt?
Car chaque être, sur la terre,

En soi renferme un mystère...
Quel est donc ce grand secret?

Artiste? tu ne l'es pas;
Artisan? non plus, hélas!
Tu tricotes au passage
Sans laisser aucun ouvrage.
Artiste? tu ne l'es pas!

Ne sais-tu donc pas causer,
Qu'à peine on te voit poser
Sur les pâquerettes roses?
— Fleurs qui disent tant de choses! —
Ne sais-tu donc pas causer?

N'aurais-tu donc pas d'esprit?
Je le crains; près de mon lit
Tristement tu tourbillonnes.
Comme le vent des automnes...
N'aurais-tu donc pas d'esprit?

10

Changer est ton seul plaisir ;

Rien ne sait te retenir.

Mais tu ne glanes des sphères

Que les bonheurs éphémères...

Changer est ton seul plaisir !

Tu n'aimes qu'à voltiger

Par caprice et sans songer !...

Insouciante et follette,

Que tu dois être coquette !

Tu n'aimes qu'à voltiger...

Oh ! que je voudrais savoir

Si ton petit corset noir

Pourtant cache un cœur fidèle,

Qui gémit dessous ton aile.

Oh ! que je voudrais savoir !...

Pour toi, c'est bien grand malheur

Si tu n'as esprit ni cœur.

Sans peine ou plaisir extrêmes
Tu ne hais point ni tu n'aimes...
Pour toi, c'est bien grand malheur !

Tu dis que les inconstants
Ont l'esprit... de notre temps
Et que leur sage inconstance
Du cœur prouve l'abondance ?
Tu dis que les inconstants ?...

Vraiment, si je t'en croyais,
Tes défauts sont des attraits
Qui te rendent tout heureuse,
Petite mouche menteuse !
Vraiment, si je t'en croyais !...

Dans les vals et dans les bois
L'amour t'invite, et tu crois
Et tu crois, pauvre infidèle,

Qu'il n'est pas un cœur rebelle
Dans les vals et dans les bois.

Pour mieux surprendre les cœurs,
Tu te parfumes aux fleurs ;
Dans la moindre gouttelette
Tu cours faire ta toilette,
Pour mieux surprendre les cœurs.

Mais vous vous trompez tous deux.
Si le pré rit de tes jeux
Et te rend, quand tu bourdonnes,
Les baisers que tu lui donnes...
Mais vous vous trompez tous deux !

Puisque tout aime ici-bas.
Comment n'aimerais-tu pas ?
Ta légère indifférence
N'est-elle qu'en apparence,
Puisque tout aime ici-bas ?

Peut-être est-il un amour
Qui te suffit?... C'est le jour,
Ce dieu d'or qui te fait vivre,
Ce dieu dont l'amour t'enivre!...
Peut-être est-il un amour?...

Oui, dès que le soleil fuit,
Tu le cherches dans la nuit,
Et l'on te voit, amoureuse,
Suivre une flamme trompeuse;
Oui, dès que le soleil fuit!

Oubliant même la mort,
Tu voles, dans ton transport,
Te jeter avec délire
Au faux soleil qui t'attire!...
Oubliant même la mort!

Vole encore... au paradis;
L'on t'ouvrira si tu dis :

« Morte d'amour, hélas ! j'aime
Au delà de la mort même ! »
Vole encore... au paradis !

Jamais ne les tuons plus,
Ces moucherons méconnus !
En les voyant, pensons vite
Que leur petit cœur palpite...
Jamais ne les tuons plus !

CHANTS DU CAIRE

CHANTS DU CAIRE

L'ESCLAVE.

Là, sous ces hauts palmiers déployant aux lumières
Leurs lames de verdure, ainsi que des bannières,
Nonchalamment couché sur des touffes de fleurs
Encensant les zéphyrs de leurs douces senteurs,
Quel est cet Africain qui, sans dormir, ne bouge,
Et fume gravement dans un long tube rouge ?

Un croissant de brillants éclaire son front noir,

Comme un croissant lunaire illumine un beau soir!...

Allah! courbez vos fronts!... L'eunuque est sanguinaire...

Ce fils de Mahomet, c'est le pacha du Caire.

Ses femmes près de lui font mouvoir l'éventail;

L'une sert des sorbets, des dattes du sérail;

D'autres cueillent des joncs pour tresser des guirlandes,

Ou bien chantent l'amour, ou content des légendes.

Une seule, pensive et tremblante, à l'écart.

Sur le puissant pacha ne jette aucun regard.

On la nomme la Blanche. Elle est Européenne;

Elle arrive, elle pleure... et dit qu'elle est chrétienne!

Des pirates, la nuit, aux bruits des océans,

L'enlevèrent d'un brick que brisaient les autans!

Et bientôt au bazar, quoiqu'elle fût mourante,

Pour dix sacoches d'or, ils en firent la vente

A Saïd, le marchand, connaisseur sans égal

En marchandise humaine et pourvoyeur royal;

Lequel, réalisant un superbe salaire,

La vendit aussitôt pour le harem du Caire.

Alors elle apparut si belle en sa douleur

Aux yeux du fier pacha, qu'elle troubla son cœur !...

Car l'amour, qui ne veut subir aucune entrave,

Transforme à son plaisir plus d'un maître en esclave ;

Et la Blanche devint dans la captivité,

En dépit du Coran, reine par la beauté !

Le noir mahométan devant ses lois succombe...

On dirait un lion qu'enchaîne une colombe...

Et celui qu'on priait s'agenouille à son tour,

Admirant une enfant qu'effraye un tel amour.

Il cherche à l'éblouir par de rares merveilles ;

Il entoure ses bras de perles sans pareilles,

Il couvre ses cheveux de voiles semés d'or,

De rubis, de saphirs valant tout un trésor !...

De trente petits noirs il décore sa tente...

Enfin, pour la distraire, il n'est rien qu'il n'invente!

Son amour se révèle en soins ingénieux :

Les danses, les concerts se combinent entre eux ;

Les fleurs mêlent à l'or leurs plus fraîches verdures.

En formant des festons qui parent les tentures;

L'eau des bassins jaillit des vases du Japon,

Les bengalis pourprés volent sur le gazon...

Tout semble s'animer d'une grâce nouvelle !...

Le palais est plus beau! la nature est plus belle !

Et, les zéphyrs jaloux cherchant d'autres séjours,

Sous l'ombrage, on n'entend que l'aile des amours!...

Et le grave pacha, dans cet air qui l'enivre,

Se sent heureux d'aimer, se sent doublement vivre.

Comme tous les amants, il se berce d'espoir :

Rempli de confiance en son royal pouvoir,

Le désir d'être aimé parfois le lui fait croire...

L'amour est la plus jeune et la plus vieille histoire !

Dans le cœur du païen se produit un réveil

Plus suave et plus doux que l'aube du soleil !...

Pour la première fois, il comprend la constance,

Le timide respect qu'impose l'innocence ;

Il veut qu'un tendre amour réponde à son ardeur,

Et dans ce doux accord rêve un nouveau bonheur.

En proie au sentiment dont il chérit l'empire,

Il attend de la Blanche un regard, un sourire.

Et le maître, en voyant ses lèvres de corail,

Pour un seul mot d'amour donnerait son sérail !

Car l'enfant a pour lui le plus étrange charme :

S'il demande un baiser, il reçoit une larme !...

Il se retire alors, s'assied à quelques pas,

Fume en la regardant... et soupire tout bas.

Derrière lui, debout, s'appuyant contre un arbre,

Une femme se tient... plus noire que le marbre,

Aux jets de feu du jour son corps sombre reluit...

On dirait un démon échappé de la nuit !

Sur l'inconstant pacha cette première épouse

Fixe avec passion sa prunelle jalouse !...

Sa lèvre est frémissante ! Elle a la fièvre au cœur !...

L'Africain ne voit pas cette ardente douleur :

Les refus de l'esclave ont jeté dans son âme

Le véritable amour !... Il n'aime qu'une femme...

La blanche Européenne... Et malgré ses dédains,

« Viens, enfant, lui dit-il, en lui tendant les mains;

Viens sur ces blancs lotus, près d'un maître qui t'aime :

C'est un trône de fleurs offert par l'amour même...

Réponds !.. oh ! réponds-moi !.. Pourquoi te taire ainsi?

Ne me rappelle pas que je suis maître ici.

Crains encor qu'au dépit mon cœur ne s'abandonne.

Je veux bien t'obéir... oui... mais du moins... ordonne !

Ah !... je te prie en vain !... tu refuses toujours !...

Quand pour tes petits pieds serrés dans le velours,

Pour tes petites mains, je donnerais ma gloire !...

Ne serais-tu donc pas ma plus belle victoire?

Viens !... la rage et l'amour allument tous mes sens !

— Faut-il te l'amener?... hurle la Noire, attends !

Ton amour est-il donc de ceux que l'on dédaigne?...

Si l'ingrate ne t'aime, eh bien ! qu'elle te craigne ! »

Elle dit, et prenant l'esclave avec fureur,

D'un bras nerveux la traîne aux pieds de son seigneur.

Le pacha la relève... et déjà sa colère

S'adoucit aux regards plaintifs de l'étrangère.

Il repousse la Noire... il sourit à l'enfant.

Ainsi qu'un amoureux honteux et repentant,

Et murmure humblement : « Pardon! prends cette rose,

Qui te porte un baiser que ma lèvre y dépose!... »

La Blanche, en l'écoutant, palpite de terreur...

Se recule... pâlit... et jette au loin la fleur.

Puis, tandis que le maître étonné la regarde,

La Noire, d'un seul bond, l'atteint... et la poignarde !

« Ma mère!... » cria-t-elle à ce dernier moment;

Et l'on vit son beau corps s'affaisser doucement...

Quelques gouttes de sang glissent de sa ceinture.

L'amant au désespoir étanche la blessure...

« Que faire, ô Mahomet ! s'écriait le païen,

Pour adoucir sa mort ? — Maître, fais-toi chrétien !... »

Et mêlée aux lotus, l'enfant plus blanche encore,

Sur ce trône de fleurs, monte au ciel qu'elle implore !...

LA BAIGNEUSE

LA BAIGNEUSE

Dans un val qu'arrose la Meuse,

La nuit, aux ailes de corbeau,

Sur les pas d'une enfant rieuse.

Laissait flotter son noir manteau.

L'enfant s'approche de la rive ;

Elle lance un regard furtif

Et se dit : « Sur l'eau fugitive
Pas une voile ! pas d'esquif ! »

A l'instant, sous l'abri des saules,
En rougissant de sa beauté.
Elle met à nu ses épaules,
Qui tremblent de leur nudité.

Elle saisit pour balançoire
Une branche d'arbre, et, soudain,
Du bout d'un petit pied d'ivoire,
En souriant, goûte son bain.

« Oh ! dit-elle, que l'onde est douce !... »
Et les senteurs, les feux du soir,
Tout l'émeut, l'enivre et la pousse
Dans le magnétique miroir. »

Aussitôt le torrent l'entraîne
Sous les ombrages riverains.

Croyant ravir une sirène,
Qui d'Armide fuit les jardins.

Mais quel est le bruit sourd qui passe?
La vague écume en s'élevant...
Qu'importe ! l'enfant n'est pas lasse
Et se rit de l'onde et du vent.

Songe-t-on, quand on est heureuse,
Que pour le monde il est des pleurs?
Non, elle glisse, la rieuse !
Au milieu des eaux et des fleurs.

Elle en cueille, agile et sans crainte,
Écartant l'herbe et les roseaux...
Lorsque l'air gémit... et sa plainte
Frappe lentement les échos...

Tout à coup, ô terreur subite !
L'enfant pousse un cri, puis se tord ;

Qu'est-ce donc qui la précipite?
C'est un flot tournant, c'est la mort.

En vain, pour sauver la baigneuse,
S'élancent de petits Amours...
Le gouffre se ferme... et la Meuse
Tranquillement coule toujours.

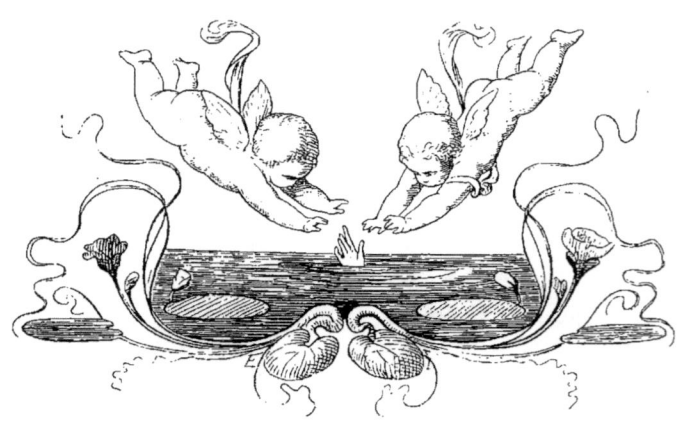

LES JUMEAUX

LES JUMEAUX

LÉGENDE.

Jadis, dans un castel, au fond de la Bretagne,

Grandissaient deux jumeaux, Aldegonde et Robert.

Toujours l'un près de l'autre, au bois, sur la montagne,

Leur amour s'exhalait dans un naïf concert!

Ils avaient mêmes jeux, comme ils avaient même âge;

Leur joie et leurs désirs s'unissaient tendrement;

Tout était confondu, tout entrait en partage :

Ils n'avaient pour deux corps qu'une âme seulement.

13

Mêlant leurs frais baisers, leurs douces rêveries,

Chastes comme le lis, et riant au bonheur,

Ils folâtraient tous deux dans les vertes prairies,

Ainsi qu'un papillon y joue avec la fleur.

Pur et sublime amour! image ravissante!

O bonheur envié des cœurs les moins jaloux!

La sœur était plus tendre encore qu'une amante,

Le frère était pour elle ainsi qu'un saint époux!...

Mais du pays entier s'agitent les bannières,

L'heure vient qui devait un jour les désunir.

Robert est chevalier. Des phalanges guerrières

Courent en Palestine. Hélas! il faut partir!

La sœur dit tristement : « Mon ami, mon doux frère,

O toi! qui m'es plus cher que l'air et que le jour,

Reste par ta pensée au manoir solitaire;

Jure d'y revenir et presse ton retour. »

Il se signe et promet; puis, lui cachant ses larmes,

La serrant sur son cœur une dernière fois,

Il tâche de sourire, il calme ses alarmes.

Et part... On n'entend plus qu'un cor au fond des bois !...

Adieu, paix et bonheur ! La peine a pris leur place.
Aimer fit leur plaisir, aimer fait leurs tourments.
Le nuage et la vie et le plaisir, tout passe ;
Tout va se perdre au loin dans les ombres du temps.

On voyait Aldegonde, amaigrie et brisée,
Sous les bosquets fleuris, témoins de ses bonheurs :
Fidèle aux souvenirs, et comme la rosée,
La pauvre enfant versait des larmes sur les fleurs.
Mon Dieu ! quelle torture étreignait sa belle âme !
Son corps était mourant, mais son cœur plein de flamme.
Dans des nuits sans sommeil, de ce cœur éperdu
Parfois le battement paraissait suspendu.

Tout entière au passé, son frère était sa vie ;
Ses peines et sa gloire, elle devinait tout !
Car de l'amour les yeux, la pensée infinie,
Savent franchir l'espace et conduire partout.

Ah! loin de ceux qu'on aime il coûte tant de vivre!
L'absence, c'est le deuil, c'est le vide, la nuit.

Un soir qu'à sa douleur la pauvre enfant se livre,
Qu'elle écoute tinter la cloche de minuit,
Dans son sein tout à coup un mal affreux s'élance :
Il lui semble qu'on vient de la blesser au cœur.
Elle crie! elle tombe!... Hélas!... loin de la France
La mort frappait le frère et prévenait la sœur!...
Depuis, la jeune fille est pâle, morne et sombre.
Qui remplace jamais un si parfait amour?
Loin de lui, tout s'efface, et l'on vit, comme une ombre.
En pleurant le bonheur envolé sans retour.

Un si tendre martyre étonne Dieu lui-même!
Pour consoler l'enfant, à minuit, chaque soir,
De Robert l'ombre aimée arrive, et sa main blème
D'un geste impérieux fait ouvrir le manoir.
Il marche d'un pas triste, et porte une cuirasse;
Quelques larmes de sang jaillissent de son cœur.

Puis au chevet du lit il vient prendre sa place,

Et le spectre glacé sourit avec bonheur.

Aldegonde retient son haleine et ses larmes.

« Frère aimé, lui dit-elle, et l'ombre a tressailli...

Frère ! l'amour transporte et chasse les alarmes ;

Que craindre ? Je te vois ! Mon vœu fut accueilli :

Avec toi, le plaisir rentre dans ma demeure,

Le ciel s'épanouit d'amour ! le jour renaît !

Ton âme, en voltigeant, me caresse, m'effleure ;

Tout chante dans les airs !... Et sans toi, tout se tait. »

Hélas ! l'ombre, à ces mots, se redresse. soupire,

Puis elle disparaît d'un pas mystérieux...

Ah ! la fièvre brûlait l'orpheline en délire.

Mais que nous fait le mal. quand le cœur est heureux ?

Longtemps encor le ciel. en berçant sa folie,

L'enivrait. chaque nuit. d'un si cher souvenir.

Ainsi. le mort venait lui redonner la vie !...

Un soir pourtant, un soir ne le vit plus venir.

En vain la jeune fille au ciel jette sa plainte :

Le spectre ne vient plus... Elle appelle Robert...
Elle pleure et se tord! mais sa voix semble éteinte.
Le silence se fait!... Tout est sombre et désert.

Elle entendait déjà les anges de Marie!...
Puis le ciel s'entr'ouvrit... son regard se troubla...
Car l'ombre. en l'embrassant, glaçait l'enfant bénie,
Et pour suivre un baiser son âme s'envola.

MIDI SONNE

Midi !...

Sonnez partout, sonnez, horloges folles !

Le rayon du jour a grandi.

Tintez donc douze fois un son clair et hardi ;

Lancez au temps avare douze oboles ;

Que l'univers entier sache qu'il est midi !

LA FERME

Dans une ferme entrons : nulle porte n'est close ;

Tout le monde est dehors. Un chien dort, il est vieux.

Point d'horloge ; l'on n'a que l'horloge des cieux

Qui vous dit à midi : « La journée est éclose. »

Le silence est partout, silence harmonieux !...

Quand l'oreille s'endort, l'âme entend mille choses ;

C'est un je ne sais quoi qui frôle au cœur les roses...

Est-ce un beau papillon qui caresse la fleur ?

Une mouche affolée ?... Est-ce un bourdon rêveur

Qui ne sait pas encor qu'amour de reine tue ?...

Mais non ; de l'univers c'est un vague soupir,

Qui de l'heure présente exhale le plaisir.

Bientôt, de tous côtés, le retour s'effectue ;

A rentrer ses moutons le pâtre s'évertue.

De tout petits chevreaux, bondissant à leur gré,

Sans licol, vont cossant sur les herbes d'un pré.

Une vache pesante, une riche laitière,

Revient seule chercher celle qui doit la traire.

Des chevaux hennissants piaffent dans le pailler ;

Ils quittent leurs harnais, ils subissent l'etrille,

Puis, de joie, en voyant une avoine qui brille,

Se cabrent et, debout, se mettent à quoailler !

Partout ce sont des cris, des cris de toute sorte...

Hue ! ho ! L'un siffle et rit, l'autre jure et s'emporte.

C'est un chassé croisé de tous les bestiaux

Entre-choquant leurs pas, confondant leur langage ;

Mille cris discordants... Enfin, c'est un tapage

A rendre sourds les gens comme les animaux.

Par-dessus les jurons des lourds valets de ferme,

Du maître vigoureux domine le ton ferme.

Sa femme, une Cérès blonde, grasse, a vingt ans.

Autour d'elle, en jouant, courent de frais enfants.

Le fruit d'Eve, un pain noir, font leur bonheur extrême ;

Chaque animal les suit, tout le monde les aime.

Pour fêter leur retour, l'oiseau dit ses chansons ;

Un bouc regarde, écoute et mordille aux buissons...

Des poules s'abreuvant aux ondes paresseuses

Portent un bec humide à leurs plumes soyeuses.

Là chante la cigale ; ici crient les grillons.

Sur la route on entend le fouet des postillons !...

Puis, à l'écart, sous un hêtre tranquille,

Dans un petit bois qui se tait,

On voit le tableau parfait

D'une églogue de Virgile.

Deux amoureux, sincères et naïfs,

Se regardent tout pensifs.

Parler leur semble inutile :

On n'aime pas aux champs comme on aime à la ville.

Les amants seront époux

Après deux moissons encore !...

Dès qu'ils joignent leurs mains, leur front pur se colore ;

Le garçon tout heureux s'assied à ses genoux.

Que leur bonheur est chaste et doux !

Leur amour est à son aurore ;

Bien loin de le cacher, ils s'en montrent heureux,

Et si quelque brise rapide

Est l'écho d'un baiser timide.

On dit tout simplement : Ce sont les amoureux.

Sur les chaumes vieillis roucoule la colombe,

L'oiseau charpente un nid, songeant aux nouveau-nés.

Car le seigneur Amour, dans ces lieux fortunés,

Sait renaître toujours... et n'aura pas de tombe !

Tout est soleil, et joie, et travail, et plaisir...

Et puis le repas sonne... on dîne... on va dormir.

LE DÉSERT

LE DÉSERT

Avançons hardiment vers les zones torrides ;

    Suivons sur les sables déserts

    Les caravanes intrépides

Qui sont là moins qu'un point dans l'immense univers !

Ah ! terre abandonnée, on te croirait maudite !...

    Sur tes flancs poudreux, inconnus.

    Où donc sont les coteaux herbus.

Dont la rampe s'élève et puis se précipite ?

Où donc sont les doux bancs

Dont le gazon invite?

Rien ne vient égayer ce monotone site.

A peine, au ciel, voit-on fuir quelques aigles blancs,

Traçant dans l'air leur silhouette.

Les plus doux animaux s'exilent de ces lieux,

Où des échos la voix semble muette.

Sans couples allant deux à deux,

Sans le plus petit ermitage,

Ce pays est sans paysage,

Ce pays est sans amoureux !

Sol ingrat et landes stériles.

Déshérités d'hommes, de villes,

L'azur de votre ciel a perdu son émail ;

La vapeur, qui monte en spirales,

Le recouvre de ses opales.

L'atmosphère est sans éventail :

Pas la moindre source attiédie,

Pas un blanc nénuphar, pas de nuée en pleurs,

Pas de flots courant dire à la mer leurs douleurs !

Rien ne trouble la paix de la terre endormie,

Si ce n'est le simoun, vent sombre et furieux,

  Jetant aux échos l'épouvante,

  Trombe sifflante, rugissante,

  Qui cache la terre et les cieux

   Dans le flot de sa tourmente ;

   Flot serré, fou, ténébreux,

   Indomptable, monstrueux,

Qui de ce lac de sable enlève la poussière

Et la roule et l'entraîne en mille tourbillons,

  Comme autant d'engins de guerre

  Qui seraient, en bataillons,

  Lancés sur la nature entière

  Et rempliraient l'immensité !

  Enfin, c'est l'ouragan terrestre

Avec tout le fracas d'un effroyable orchestre,

Et terrible à l'instar de la fatalité !...

Mais le calme revient, puisqu'il faut que tout meure,
Et l'ouragan s'éteint comme une lyre pleure...

Parfaite image de l'enfer,
O solitude aride, incandescente,
Tu n'as jamais reçu d'hiver!
Lorsqu'il touche les bords de ta plaine brûlante,
Le voyageur s'élance et recule d'effroi,
Ses yeux n'apercevant aucune ombre clémente;
Car au sol dénudé l'astre d'or seul est roi,
Et tout périt sous sa flamme puissante!
O sables africains, vous êtes, sans appel,
Condamnés à jouir d'un soleil éternel!...

La nuit chaste n'a plus ses voiles,
La nuit même resplendit!
La lumière étincelle et tombe des étoiles,
Dont la pâleur nous éblouit!
Et du jour le foyer solaire
Lance un rayon ardent et perpendiculaire!...

— Aussi, j'ai lu, je ne sais où,

Qu'en la ville de Tombouctou,

Une femme, à midi, s'était vraiment crue morte,

En n'apercevant plus l'ombre que chacun porte.

L*A SUISSE

LA SUISSE

Le plus fécond pays en riches paysages.

C'est la Suisse : vallons, torrents, roches sauvages,

La nature s'y livre à des contrastes fous,

Tantôt avec amour, tantôt avec courroux.

Admirons ces beautés éparses, ennemies,

Qui vivent côte à côte, ainsi que des amies.

Aux caprices du sort pauvre sol condamné,

Ton sublime désordre, au fond, semble ordonné !...

Ici, je vois des vals d'une allure coquette

Emprisonner la brise inactive et muette ;

Là, c'est un mont rocheux, dénudé, plein d'élan,

Qu'on croirait la carcasse osseuse d'un volcan.

La source d'eau, levant la pierre de sa tombe,

Hardiment s'en détache, ainsi qu'un miroir tombe,

     Et vient bondir sur les degrés

     Du granit, des rocs, ou des grès,

Escaliers naturels sur lesquels l'onde marche...

Au-dessus des torrents tremblent des ponts sans arche,

     Qu'un seul coup de vent construit

     Par quelque arbre qui se penche,

     Et qu'un coup de vent détruit,

     Si ce n'est une avalanche.

En ce pays, où le caprice tranche,

     Tout monte, tout descend,

     Tout fuit, tout nous surprend.

Partout on voit des monts à l'immense structure ;

     Chacun forme un dôme éternel,

Et, monument de la nature,

Semble vouloir, lutter avec le ciel.

Par la hardiesse de leurs cimes

Les nuages sont dépassés,

Et leurs pieds touchent aux abîmes

Du royaume des trépassés.

Se renfermant sous leurs manteaux de pierre,

Ces géants sont rois des coteaux,

Et, jeunes dans de vieux berceaux.

Ils disent aux siècles : « Arrière ! »

Inexplicable jeu du sort !

La vie, en ce pays, se marie à la mort.

C'est un chaos. fait d'admirables choses !

On surprend le rocher donnant asile aux roses.

Le mont Blanc, délaissé, mais fier,

N'est point jaloux des montagnes fleuries.

Et le printemps sourit à côté de l'hiver.

L'un revêt des atours semés de broderies.

Avec l'amour il signe un contrat nuptial;

16

L'autre a le cœur de glace, un linceul de cristal,

Énigme qui nous porte aux longues rêveries!...

Vers Chamouny chevauchaient lentement

Deux jeunes mariés, épris de l'aventure;

Et leurs yeux se cherchaient souvent,

Pour admirer ensemble la nature.

Pleins de leur amoureux accord,

Un bon destin, moins jaloux que propice,

Leur laissait oublier qu'ils côtoyaient le bord

D'un sombre et profond précipice.

Lorsque l'on s'aime autant,

Qui songe à l'infortune?

On ne doute pas un instant

Que le bonheur soit sans lacune.

Bientôt de loin, se noyant dans les cieux,

Un spectacle splendide attire leurs doux yeux.

Un vaste sentiment pénètre dans leur âme.

Il les attendrit, les enflamme!...

Le chemin montueux était long et désert;

Un roc par le temps entr'ouvert

Semblait leur offrir un asile...

Ils s'assirent, pressés tous deux, mais à couvert,

Comme les amants d'une idylle.

Sentir est fort aisé, décrire est difficile.

Or, je dirais fort mal comme ils étaient heureux.

Tous ces bonheurs, si chers à deux cœurs amoureux,

Ne peuvent même pas être décrits par eux !

Ils admiraient, surpris, ces dômes, ces crevasses.

Ces longs crocs argentés, dévorant les espaces,

Les rayons irisant tous ces monceaux neigeux.

Le soleil vaincu par les glaces !...

Ils disaient à la fois tous deux : « Quel beau séjour ! »

Oui, mais leur dernier mot était un mot d'amour...

« Ah ! s'écriait la jeune femme,

Dans la nature on lit ; moi, je lis dans ton âme. »

Et lui, la regardant, répondit : « J'aime mieux

Ne voir au monde que tes yeux... »

Ainsi l'amour changeait une roche sauvage

En un palais divin !

Alors, au détour du chemin
Apparut un enfant qui portait du laitage.
Oh! le premier don d'un époux,
Le nectar des dieux est moins doux
Que ne leur parut ce breuvage!
Les feux du jour s'étaient encore accrus...
Leurs baisers ne se comptaient plus...
Ils gravèrent leurs noms sur une pierre grise...
On sonnait l'*Angelus*, — car, sur la route, assise,
Se cachait humblement une fort vieille église. —
Ils partirent, jetant à la grotte un regard...
Y sont-ils revenus... quelque jour... par hasard?

LA SOIF

LA SOIF

Midi ! Sur les rochers sauvages,

On ne voit plus briller les crins roux du lion :

Il a soif d'ondes et d'herbages,

Il cherche, haletant, à gagner des ombrages

Arrosés, ténébreux, sans chemin, sans rayon.

Une forêt est sur sa route.

« Ici, dit-il, je me rafraîchirais ;

Tous les arbres, sans aucun doute,

Sont créés pour m'offrir de verdoyants palais.

Ce bois fermé semble une forteresse.

Mais, joignant la force à l'adresse,

Imprimant partout la terreur,

Je la prendrai d'assaut : — je fus toujours vainqueur. »

Donc, au mépris des murs élevés par l'ombrage,

Il s'élance, et du premier bond

Se livre à l'attaque avec rage !

Il rugit... l'écho lui répond.

Indigné d'une telle audace ;

Le fier lion redouble sa menace ;

Il s'emporte ! il est furibond !

Sa crinière est son armure ;

Il arrache la verdure,

Il brise les arbrisseaux,

Dévore ce qu'il capture :

— Il est roi des animaux ! —

De toute part, loin de leurs gîtes,

On voit s'enfuir de timides ermites ;

Dans les airs on entend croasser les corbeaux !

Des taillis éventrés la panique est profonde ;

Le feuillage se plaint comme les flots de l'onde.

Les branches, se tordant, murmurent leurs douleurs,

Et les troncs déchirés laissent couler des pleurs !...

Le lion attendri met fin à ses fureurs...

 D'ailleurs, sa soif est dévorante.

 Sa lèvre écume de désir,

 Sa prunelle rouge est ardente.

 Sa démarche est triste et traînante :

 Il lui faut donc boire ou mourir !...

 À cet instant il voit courir

Un filet d'eau sous une herbe odorante.

Qui semblerait vouloir le retenir.

Un frais ruisseau devient un fleuve de délices.

Quand de l'été c'est le premier réveil.

Et qu'on se dit, caché par des ombres propices :

 « Tout brûle aux rayons du soleil ! »

 Sous un grand arbre séculaire

17

Il s'arrête aussitôt pour se désaltérer,

Et ce bonheur, qui semble l'enivrer,

Le retient dans ce repaire

Favorable enfin au repos.

Au milieu des vertes ténèbres,

Désormais sans drames funèbres,

Rien n'ébranle plus les échos.

Là, tout à la paresse, il savoure ses joies.

Un lit de mousse tendre, un vent délicieux !

Et s'il entend passer, au loin, de jeunes proies,

Il ne détourne pas les yeux.

Avec langueur, il s'étale, il s'allonge :

— Peut-être à sa lionne il songe. —

Il s'endort comme les dieux !

Ce terrible plaisir, qu'on nomme la vengeance,

Tous les faibles l'ont goûté ;

Mais la forêt, dans sa grandeur immense,

Au lion voulut bien donner droit de cité.

Méprisant quelques ravages,

De ses richesses sauvages

Elle lui fit l'abandon,

— L'humiliant par le pardon. —

Elle oublia bientôt les sinistres préludes

De l'hôte chevelu de ses sombres abris ;

Et tout, dans la forêt, tout eut bientôt repris

Le silence imposant des grandes solitudes !...

LA COURTISANE

LA COURTISANE

Au fond d'une tonnelle sombre,

Où se mêlaient mille senteurs.

Un soleil affaibli. glissant à travers l'ombre,

Par-ci par-là lançait des rayons sans couleurs ;

La brise chantonnait comme un soupir s'exhale:

Il n'y régnait vraiment ni le jour, ni la nuit,

Mais une teinte sépulcrale.

Sous les arbres rêveurs on entendait le bruit

De mille oiseaux piétant de branchage en branchage ;

Et, de leurs petits becs, les amoureux ailés

Juraient aux temples de feuillage

Qu'ils retrouvaient enfin leurs bonheurs envolés.

Les lierres bronzés retombaient en cascade ;

Des sapins s'échappait un zéphyr parfumé.

Alors j'en vis sortir, comme une hamadryade,

Une femme élégante au regard allumé.

Elle riait, chantait un doux refrain bachique,

Près de quelques amis, — je n'ose dire amants ; —

Et le vent, soulevant le bord de sa tunique,

Montrait deux pieds petits comme des pieds d'enfants.

C'était au mois d'avril, au beau pays de Cannes.

A son ciel pur, à son doux temps,

La plus belle des courtisanes

Venait rajeunir son printemps.

La Rousse était son nom de guerre ;

D'autre, elle n'en connaissait pas :

Elle avait oublié jusqu'au nom de sa mère !..

De ses vingt ans, du marbre de ses bras,

    Oh ! comme elle paraissait fière ;

      Plus d'un cortége d'amoureux.

    Pour entrevoir le velours de ses yeux

      Partout poursuivait l'étrangère.

Jetant à ses désirs cachemires, bijoux.

Chacun rivalisait dans ce tournoi d'hommages.

— Un seul don y manquait : l'anneau saint de l'époux ! —

Ainsi toute Phryné, qu'on adore à genoux,

Prend la vie au présent, ne voit que la journée ;

Et lorsqu'on la croyait par l'amour entraînée.

La Rousse ne vivait que d'un orgueil jaloux.

Sous ta prunelle ombreuse, avide enchanteresse.

    Tes doux regards vont quêtant la tendresse.

      Quand tu ne veux que des joyaux.

      Et tu vends ton âme, traîtresse.

        Pour ces riches oripeaux

      Qui donnent des airs de princesse.

             18

Mais ces amants n'en voyaient rien,

La Rousse était si séduisante!

Elle apprenait un rôle et le jouait si bien,

Et sa voix était si touchante!

La pâleur qui couvrait ses traits

Et sa démarche languissante

Ne détruisaient point ses attraits :

On eût dit une fleur souffrante.

Comme la fleur renaît, elle espérait guérir...

Un jour, pour ressaisir plus tôt toute sa vie,

On la voit, ivre de plaisir,

Abandonner la tonnelle et l'orgie.

Et vers le rivage courir,

Puis follement se découvrir,

Et livrer au soleil pourpré, qui la convie.

Sa blanche épaule nue... et qui semble frémir.

Chacun voulait la retenir ;

Mais bravant tout, prêtresse des caprices,

Esclave de ses passions,

La courtisane, hélas! s'abreuve des rayons.

Riante, heureuse et vantant leurs délices,

Méprisant la sagesse et défiant le sort,

Et trouvant tout avis ennuyeux et prolixe...

Jaloux de ses amants, Phébus avec transport

Baise son col d'albâtre et violemment s'y fixe.

      A ce baiser, elle s'endort :

Midi sonnait... midi fut l'heure de sa mort !

L'ÉGYPTE

L'ÉGYPTE

Il semble qu'à midi l'Égypte soit en feu.

Son soleil est un diable et ne fut jamais dieu.

A l'étranger qui veut sur les sables du Caire

Poser le pied, tout crie : « Arrête, téméraire ! »

    Quelques esclaves, des chameaux

Bravent impunément, mais seuls, cette fournaise,

    Montrent leurs dents, entr'ouvrent leurs naseaux...

On croirait, à les voir, que les gueux pâment d'aise !

    C'est l'heure où dans un frais bassin

    De marbre noir, de granit rose,

A l'ombre du harem, elle ose,

La fille du Nil, prendre un bain.

Le singe vert se pend aux branches

Où voltigent les bengalis ;

Et l'esclave tient sur ses hanches

Sa jupe troussée à gros plis.

Dans les joncs, au bord du grand fleuve

Un crocodile inerte est accroupi :

Le traître ! il guette l'onde et paraît assoupi.

Que faut-il donc pour qu'il se meuve ?

Quelque nègre à la nage aiguillonnant son flair,

Ou deux balles trouant sa cuirasse de chair...

LE COUVENT

LE COUVENT

Midi ! dans de vastes jardins,

Entre des lis et des pervenches,

Sous les ormes et les sapins,

J'ai vu pieusement passer les nonnes blanches

Du couvent de Sant' Andréa,

Qu'un vieux moine à Naples créa...

En proie aux saintes rêveries,

Tournant vers Dieu leur regard virginal,

Elles s'en vont, tenant des corbeilles fleuries,

Avec un air triomphal,

Répandant sur leur passage,

A pleines mains, fleurs et feuillage,

Embaumant les chemins et jetant au zéphir

Des roses qu'on voudrait, mais en vain, lui ravir !

Ces novices aux longs voiles,

Sous un nuage d'encens,

Tremblent comme les étoiles

Dans l'azur des cieux béants !...

L'une porte la bannière,

Une autre élève la croix,

Toutes chantent des prières

Avec de célestes voix !...

Ainsi doit soupirer l'ange

Dans les vallons éternels,

Quand son soupir se mélange

Au son des luths immortels.

C'est un de ces doux murmures

Que l'on entend aux portes du Sommeil,

Et ces voiles, plus blancs que la neige n'est pure,

Nous font douter aussi qu'on soit en plein réveil

    Ah ! ces fantastiques colombes,

    Dont aucun bruit ne mesure les pas,

    Semblent porter le blanc linceul des tombes,

        Derniers asiles d'ici-bas.

    On se croirait aux temps bibliques.

L'autel est fait de fleurs, de mousses, de gazons,

Tout parfumé d'œillets et ceint de liserons.

Agitant l'encensoir, les vierges poétiques

S'arrêtent en baissant leurs têtes angéliques,

      Comme feraient des chérubins

     Ayant perdu leurs ailes séraphiques

      En descendant dans ces jardins.

Chut ! la procession dit une hymne de grâce,

S'agenouille un instant... se lève... chante... et passe !

Depuis, dans ces vastes jardins,

Entre des lis et des pervenches,

Sous les ormes et les sapins,

Je n'ai plus vu passer les nonnes blanches!...

Un jeune Grec, tout étourdi
Par la longueur du voyage,
A Londres débarqua ; ne voyant qu'un nuage
Où brillait cependant un splendide éclairage :
« Je suis donc fou ! dit-il, mais, il est jour, je gage... »
Sa montre répondit : « Monsieur, il est midi ! »

EPILOGUE

EPILOGUE

En se jouant, le printemps

Nous confond par ses prodiges.

Pendant l'aube il a le temps

De transformer toutes les tiges.

Il les blesse en sens divers,

Et de chaque blessure on voit naître en grand nombre

De délicats bourgeons verts,

Enfantés dans la pénombre.

Bientôt les ambitieux

S'ouvrent, pour mieux voir les cieux.

Priant qu'un chaud soleil, aux flèches rayonnantes,

Leur prodigue, en passant, des teintes colorantes.

L'astre clément exauce leur désir :

Il devient plus ardent, réchauffe le zéphir ;

Le bouton s'arrondit, devient la fleur mi-close,

Le papillon la guette et près d'elle se pose,

En aspirant déjà son miel et sa senteur.

Midi sonne! et l'on voit s'épanouir la fleur...

Cette fleur, c'est la femme, une reine, une fée,

Un jouet pour le Temps, pour l'Amour un trophée ;

Et midi, c'est vingt ans, l'ivresse, l'heure d'or,

La jeunesse sans frein, épuisant son trésor.

Quand les cœurs palpitants, les grâces souveraines

Enchaînent l'amoureux aux pieds des Madeleines !..

C'est aussi l'heure où, délirant,

L'homme entrevoit le temple des chimères,

Et posant des pieds téméraires

Sur les premiers degrés, goûte un charme enivrant.

De l'Espérance au faîte il voit voler l'écharpe,

   Qui lui promet tous les terrestres dons,

La lyre des neuf sœurs, ou des anges la harpe,

Enfin, tous les plaisirs, même tous les pardons !

    Et la jeunesse, qui n'écoute

    Que la pauvre raison qu'elle a,

    Des fous caprices suit la route,

    Où rien ne vient crier : Holà !..

    C'est l'instant d'élans héroïques,

    De nobles aspirations,

    De dévouements patriotiques,

    Où débordent les passions.

    Puis. c'est l'âge où le cœur pudique,

    N'osant avouer son amour.

    Amour fidèle, amour mystique,

Le confie au nuage à la fin d'un beau jour.

    Le jeune amant s'enivre de sa flamme,

Croyant au bien, à la vertu,

Oublieux du réel, ne vivant que par l'âme!..

Après midi... le temple est abattu.

CHANTS DE MEMPHIS

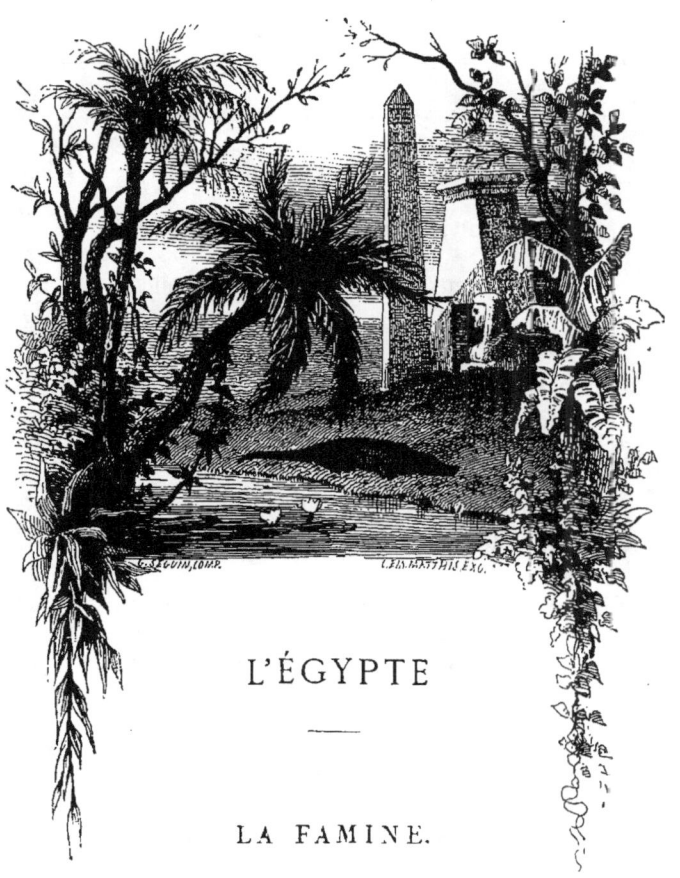

L'ÉGYPTE

LA FAMINE.

Entendez-vous dans l'air un cri long, déchirant?...
Tout un pays se meurt, tout un peuple est mourant !
Le regard lit partout : pleurs, souffrance et ruine...
Qui cause tant de maux? tant de morts? La famine!
Quel fléau plus fatal frappe le genre humain?

    La terre a soif et l'homme a faim.

C'est en vain qu'une plainte immense,

Du cœur des jeunes et des vieux,

La nuit, le jour, va jusqu'aux cieux,

Les cieux ont perdu leur clémence!...

L'Égypte sommeillait, vaine de ses splendeurs,

Les pieds sur des trésors, la tête sur des fleurs,

De plaisirs, de parfums, de chaleur enivrée!

Contemplant les attraits dont le sort l'a parée,

Elle disait : « A moi les printemps éternels!

Sans art et sans labeur, dans ses flancs maternels,

La terre de Memphis en richesses abonde.

Belle et riche, l'Égypte est la reine du monde!

A ses fertiles champs l'Éden est-il pareil? »

De punir tant d'orgueil, Dieu chargea le soleil.

Tout à coup le sol tremble, et sur l'Égypte entière

L'astre de feu répand une étrange lumière;

Ses rayons bienfaisants commencent à rougir,

Plus que le sang humain et la pourpre de Tyr.

La terre, par morceaux, se détache, se brise,

Elle entr'ouvre son sein pour aspirer la brise ;

Elle espère, à son souffle, enfin se rafraîchir ;

Mais toujours le soleil et jamais le zéphir !

Les vents n'ont plus d'haleine et l'aube est sans rosée.

L'été règne sans fin sur l'Égypte embrasée,

Et, des plus hauts sommets aux abîmes sans fond,

Tout présente à la vue un désespoir profond !...

L'arbre jaunit, s'effeuille, et lentement s'incline.

Le tronc crie en sentant dessécher sa racine,

Et le sol, qui gémit de le voir se plier,

N'a, pour le raffermir, plus de suc nourricier.

Adieu les blonds raisins ! adieu les moissons blondes

Le Nil, soumis aux cieux, ne répand plus ses ondes.

C'est en vain que la terre implore ses bienfaits.

Ses flots vivifiants, ses humides engrais ;

Le fleuve se restreint, sa course est moins rapide.

La vase rend bientôt son cristal moins limpide,

Et les exhalaisons, sortant d'un lit fangeux.

Change ses bords fleuris en des bords dangereux !...

Les troupeaux amaigris vont quêtant quelque herbage,

S'en disputant un brin, fané, près d'un rivage.

Le taureau pousse au loin un si long beuglement

Que l'effrayante mort s'en effraye un moment.

La génisse y répond, puis, avide et cruelle,

D'une mère expirante elle mord la mamelle.

L'ibis épouvanté meurt sur l'œuf qu'il chérit;

L'œuf éclôt, l'orphelin chante un jour... et périt.

Ici pleure un vieillard, exposant sa misère;

Là-bas est un enfant qui s'écrie : « O ma mère!

La faim te fait souffrir et tu ne veux manger!

Ce pain d'orge nous reste, il faut le partager.

— Non, ce pain soutiendra demain ton existence.

— Demain, mère, est un mot renfermant l'espérance!

En te privant ce soir, tu doubles mes douleurs!...

La fièvre te saisit! Je mourrai, si tu meurs!

Par quelle autre une mère est-elle remplacée?

De toi je tiens le sang et l'àme et la pensée;

C'est par toi que je vois, c'est par toi que j'entends,

Par ton souffle je vis, et par ton cœur je sens! »

Il s'affaisse à ces mots... La mère est sans parole...

Ils tombent embrassés... Leur âme au ciel s'envole!...

O malheureux pays! où l'on voit tour à tour

La mort de la nature et le deuil de l'amour!

Point de travaux aux champs, point de joie en la ville;

Les bras sont épuisés et l'or est inutile!

On part pour chercher vie et l'on meurt en chemin;

L'homme et les animaux n'ont plus qu'un cri : J'ai faim!..

L'Égypte ainsi payait sa coupable indolence

Et la faute des rois dormant dans leur puissance,

Au milieu des flatteurs... car, dès les premiers ans,

Pour le malheur de tous, il fut des courtisans!

LE DELTA

CEW MATTH'S COMP EX

LE DELTA

Tandis qu'on voit l'Égypte aride, triste et nue,

Du frais Delta la terre est tout de vert vêtue,

Et son sein parfumé palpite de bonheur

Sous des bouquets brillants de grâce et de fraîcheur.

A former ses attraits, les éléments s'empressent.

Là, les brises, les fleurs, les rayons se caressent;

Les flots, à peine émus, roulent un sable d'or;

La nature y conserve un vigoureux essor;

L'été répand ses fruits, le printemps sa corbeille :

Tout chante, tout sourit, tout est joie et merveille!

L'harmonie est partout, liant la terre aux cieux,

Et devant ces splendeurs, l'âme humecte les yeux.

Sur un tertre élevé se dressent les portiques

D'un immense palais digne des temps antiques.

A ses angles deux tours s'élèvent pesamment

Et semblent les deux bras armés du monument.

Jusque dans les jardins, des vagues curieuses,

S'échappant de la mer, se promènent, heureuses

De trouver quelque ombrage au pied des hauts palmiers,

Des platanes épars ou des rares dattiers;

Puis, on voit des lotus que les roseaux enlacent,

Dessus, dessous les eaux qui passent et repassent.

Les oiseaux haletants abandonnent les airs,

Et viennent sur la rive achever leurs concerts.

Tout en les écoutant, plusieurs esclaves blanches,

D'un sycomore épais réunissent les branches,

Et, sous l'ombreux abri, posent languissamment

Leurs doigts sur le cinnor, qui chante lentement ;

Les unes sont debout... les autres étendues...

De tissus rayés d'or à peine revêtues,

Les filles du désert, noires comme la nuit,

Dansent en agitant leurs tambours à grand bruit,

Et, pendant que la flamme exhale de la myrrhe,

Leurs étranges clameurs ressemblent au délire !...

C'est dans cette oasis que les plus doux plaisirs

Chassent du cœur royal de tristes souvenirs :

Et l'heureux Pharaon, vaincu par tant d'ivresse,

Vit, oubliant Memphis, son peuple et sa détresse !...

La cour tient son monarque en ce riant climat.

Pour lui cacher le mal qui désole l'État,

On l'entretient d'amour, de joie et d'espérance,

Du Nil et des vents frais qui rendront l'abondance ;

Et le roi satisfait s'endort, disant : « C'est bien !

J'ai tout, mon peuple aussi ne doit manquer de rien. »

LA VISION

LA VISION

Malgré leurs bandeaux d'or aux riches étincelles,

Les souverains parfois ont des heures cruelles !

Et Dieu, qui fit pour tous ses immuables lois,

D'affreux songes aussi trouble les nuits des rois !

Alors que du palais la grande porte est close,

Sur la couche royale où Pharaon repose,

Par une vision un ange le surprit !...

Comme un soleil, dans l'ombre, il vient, il resplendit !

Aux voix des chérubins il répand sa lumière,

Ses célestes parfums!... O sublime mystère!

Point ne frémit la chair, point ne s'ouvrent les yeux,

Mais l'ange éveille l'âme!... et, messager des cieux,

Montrant du doigt l'Égypte, où le sol se lézarde,

Où l'eau ne coule plus, « Roi, lui dit-il, regarde!... »

Et l'âme, le suivant aux plaines de Memphis,

Y voit des prés sans fleurs et des champs sans épis.

Un immense sanglot envahit la nature.

La terre, l'eau, le ciel, ne forment qu'un murmure!

Un corps osseux, un corps qui n'a plus rien d'humain,

Se rencontre en tous lieux... Ce spectre, c'est la faim!

A ces tristes tableaux l'âme du roi se glace;

Mais l'ange, l'entraînant comme un trait fend l'espace,

Dans le riche palais de Memphis la conduit

Sur une plate-forme, et la laisse... Il est nuit.

La lune pâle aux cieux plus tristement rayonne...

Une sourde rumeur de tous côtés résonne...

L'âme, du haut des murs, se penche et voit au bas

Deux yeux d'homme, deux yeux qui ne se baissent pas!

Puis, un bras la menace, et, d'une face blême.

Sort la voix d'un lion lui jetant l'anathème !

L'homme traîne une femme et porte un enfant mort.

« Qui donc es-tu ? dit l'âme avec un fier transport !

— Le peuple ! répond-il. Je suis l'Égypte entière !

Je serai le remords à ton heure dernière,

Et, mourant sous les murs de ce palais maudit,

De ma femme et d'un fils je viens creuser le lit. »

Pharaon, effrayé par ce rêve sinistre,

Dès l'aube, près de lui fit mander son ministre,

Et lui dit : « Sans retard je retourne à Memphis...

Je veux y consulter les oracles d'Isis...

On néglige les dieux à l'Égypte propices !

On ne fait plus couler le sang aux sacrifices !

Or, pour calmer du ciel l'implacable courroux,

J'offrirai, ceints de fleurs, nos agneaux les plus doux.

Qu'on selle les chameaux ; la cour fera cortége.

Prenez tentes, bijoux... et qu'Isis nous protége ! »

De retour à Memphis, le roi se hâte alors

D'envoyer aux faux dieux des présents, des trésors.

Chaque temple païen retentit de prières,

L'encens brûle aux autels, on prélude aux mystères...

Les cultes différents immolent des chevreaux,

Des génisses, des bœufs, ou de bruyants taureaux.

Puis, dans le corps fumant, qui sous le couteau crie,

Plongeant avidement l'œil de l'Idolâtrie,

Fourbes comme leurs dieux, dont l'ordre est de mentir,

Des prêtres endurcis évoquent l'avenir !

Un jour que Pharaon, ému par ce spectacle,

Écoutait, attentif, un fanatique oracle,

Il entendit des sons d'ineffable douceur...

C'était la voix du ciel qui glissait dans son cœur,

En murmurant : « O Roi! fuis ce temple barbare,

Cet autel teint de sang, ce prêtre qui t'égare,

Usurpateur de foi, monstre de cruauté!...

Fuis tous ces dieux menteurs!... Dieu, c'est la vérité!

    Loin de se plaire à la souffrance,

Pour le moindre animal il est plein de clémence.

      Sa loi, c'est une loi d'amour;

      Il ne veut ni meurtres, ni guerres,

      Et dit aux hommes : Soyez frères,

Sur la terre on ne vit qu'un jour;

Mais, dans mon immortel séjour,

Les bons vivent à mes lumières!

Il dit encore à ceux qu'il a faits rois :

Vos devoirs égalent vos droits.

Reprends, ô Pharaon! ta mission bénie;

Fais sortir de prison Joseph, un jeune Hébreu;

Règne par ses conseils, c'est l'ordre du vrai Dieu!

Il en sait la parole, il en tient le génie.

Qu'il régénère enfin l'Égypte à l'agonie,

Et, de son bras puissant relevant ta grandeur.

Des temps civilisés qu'il soit le précurseur. »

JOSEPH

JOSEPH

Saisi par le remords, l'idolâtre s'empresse

D'obéir, plein de crainte, à la voix prophétesse !

Joseph devint ministre... En un jour solennel,

Il appelle vers lui les enfants d'Israël,

L'Égyptien, l'esclave !... et d'une marche lente,

Soutenus par l'espoir, et frémissants d'attente,

Ils vinrent tous... mais seuls, et de points différents...

L'on n'avait plus d'amis ! l'on était sans parents.

Joseph, en les voyant, les plaint et les console,

Cherche à les rassurer... Si douce est sa parole.

Si pieux est son cœur, si grand est son savoir,

Qu'on se plaît à l'entendre et qu'on aime à le voir !

« Quatre lunes, dit-il, mettront fin à vos peines.

Du Nil déborderont les ondes souveraines,

Et les brises du nord rafraîchiront le ciel.

Dieu m'a permis de lire au royaume éternel !

Des astres je connais èt le cours et l'empire ;

Si j'en impose, ici, revenez me maudire !

Puis, je sais des silos où la cupidité

A caché des froments, malgré leur rareté.

Allez ! creusez le sol et déjouez ces trames,

Enlevez tous ces grains et nourrissez vos femmes !

D'autres, fendant la vague et poussés par le vent,

Chercheront les maïs vermeils de l'Orient.

Portés par des chameaux, les noirs de l'Arabie,

Bravant l'ardeur du jour, iront dans la Libye

Acheter, en troupeaux, des chèvres, des moutons,

Et ces robustes bœufs qui tracent les sillons.

Secondez mon effort, effort dernier, suprême !...

Tout homme courageux se sauve par lui-même ! »

L'espérance, à ces mots, fait tressaillir les cœurs :
Déjà les malheureux sentent moins leurs malheurs.
Les froments découverts doublent la confiance,
La force vient aux bras qui tombaient de souffrance;
Le mourant se relève et revoit le soleil ;
La femme enfin sourit, l'homme est à son réveil !
En peu de temps on vit, aux plaines renaissantes,
Les épis se presser en moissons abondantes,
Aux palmiers reverdis pendre les fruits juteux,
La fleur s'ouvrir au jour, l'oiseau raser les cieux!...
Au Nil, l'art sut créer de factices artères,
Dont la pure fraîcheur fertilisa les terres.
On fit un lit profond à des flots endormis;
Cette île d'eau, plus tard, devint le lac Mœris.
Ainsi, les travailleurs secondant la nature,
Le travail rendit l'or, et le ciel, la verdure!
Et le peuple étonné, se retrouvant heureux,
Plaçait, dans son esprit, Joseph au rang des dieux !
Pour l'approcher la foule épiait son passage,
Chaque front s'inclinait devant sa noble image;

Les mères, les vieillards bénissaient son appui,

Et les petits enfants tendaient leurs bras vers lui!

Une fois, l'un d'entre eux, voyant Joseph qui passe,

L'aborde, et, tout tremblant, lui dit : «Un mot, de grâce!

Comment savez-vous... tout? — En causant avec Dieu!

— Avec Dieu... je voudrais alors causer un peu.

— Par le cœur et l'esprit chacun y peut prétendre.

— Le Seigneur parle donc? — A qui sait le comprendre.

— Mais, comment lui répondre?... Oh! vous me le direz!

— Aimez bien votre mère, enfant, vous le saurez.

— Qui répond à nos cœurs? — Le ciel! par l'espérance.

— Qui répond à l'esprit? — Le ciel! par la science.

LA GRÈCE

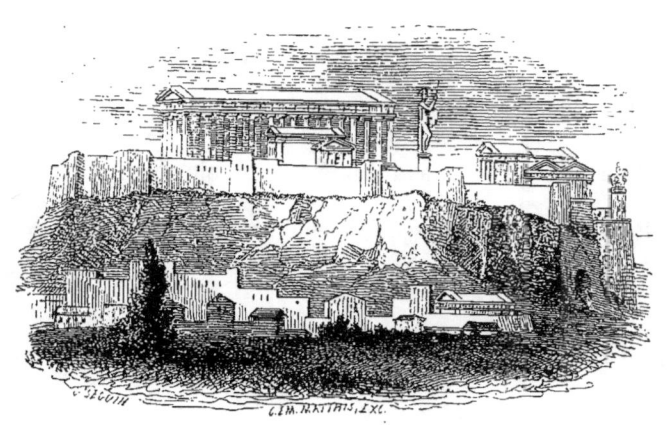

LA GRÈCE

Il se réveille enfin, ce peuple, fils d'Homère!

Un cri de liberté remplit la Grèce entière!

La foule se rassemble autour du Parthénon...

Le vent de la révolte accourt de l'Hélicon :

Grondant contre les rocs, sifflant dessus leurs cimes,

Soulevant l'onde émue, entr'ouvrant les abîmes,

Jusqu'à nous il arrive!... et sa fougue et son bruit

Devant lui font trembler la douce Paix qui fuit.

« Qu'est-ce donc? dit l'Écho. — C'est, lui répond la trombe,
C'est encore un bandeau de front royal qui tombe ! »
Pour le reprendre ayant une trop faible main,
Pensif, sur un vaisseau, s'éloigne un souverain !...

Athènes ! un soleil radieux vient d'éclore !...
L'hymne d'indépendance accueille son aurore.
Et, du sein oublié de son premier berceau,
La liberté renaît en brisant son tombeau.
L'Hellène, heureux, surpris, à l'ivresse se livre !...
Il sent battre son cœur, et son âme revivre !...
Et, détestant des ans perdus dans le repos,
Il veut d'un front courbé secouer les pavots !...
Et peut-être déjà rêve-t-il aux conquêtes...
— Les plus paisibles flots grondent par les tempêtes ! —

Ah ! de Missolonghi, de Thèbes et d'Argos
Les héros ont senti tressaillir leurs vieux os,
Et, malgré leur linceul, leurs membres en poussière,
La mousse enracinée et qui mord à leur pierre,

Ils ont répondu tous à ces nobles élans

Comme l'aïeul répond aux voix de ses enfants;

Et se levant, le soir, lorsque la nuit retombe,

Écartant les lauriers, qui verdoient sur leur tombe,

On les revoit!... haussant leur drapeau vers les cieux!...

Leurs noms y sont tracés en rayons lumineux...

Canaris! Botzaris! honneur de la Patrie!

Sur vos gloires Byron a semé son génie.

Comme Albion, la France a chanté vos hauts faits,

Et poëtes, héros, sont unis à jamais!

O Grèce! applaudis-toi! ton œuvre est accomplie.

Tu t'es régénérée, ainsi que l'Italie!

En voyant se briser les chaînes d'une sœur,

Comme elle tu voulus recouvrer ta splendeur!

Ne fut-il pas un temps où, sur la terre et l'onde,

Jusqu'au Gange, ton roi fut le maître du monde?

Dans la nuit du passé ses hauts faits glorieux

Brillent en nombre égal aux étoiles des cieux.

L'art devint sur ton sol rival de la nature,

Et, pour lui, reste encor sa plus belle parure!...

Que d'habiles marins, de grands législateurs,

De poëtes fameux, d'éloquents orateurs,

Dans tes nobles cités ont marqué leurs passages !

Tu nous édifias par l'esprit de tes sages !...

Préfère ces derniers, et, craignant les excès,

Sache paisiblement supporter le succès.

Combats par la raison et non plus par les armes :

Une goutte de sang coûte au ciel tant de larmes !...

Laisse, laisse au barbare et le bronze et le fer,

Inventés par Caïn et forgés par l'enfer.

Peuple civilisé, fuis les cruelles guerres

Qui ruinent l'État, couvrent de deuil les mères,

Et retirent aux bras industrieux le pain !

Ta vaillance est connue et tu peux être humain.

Des palmes de la paix les ombres protectrices,

Promettant pour chacun des destins plus propices,

Valent bien des lauriers douloureux à cueillir...

Fonde enfin le progrès, semence d'avenir !

Et par ton industrie active et ta sagesse,

Fais honte au musulman, qui meurt de sa mollesse !

Que le Coran pâlisse en voyant ta clarté

Détruire son mensonge et son impureté ;

Qu'un trône vacillant croule dans le Bosphore,

Et que le flot vengeur l'emporte, ou le dévore !...

Que Mahomet s'écrie enfin devant ses morts :

« Les plus intelligents deviennent les plus forts ! »

LE PRINTEMPS

LE PRINTEMPS

Enfin, voici le printemps !

Amours et laboureurs sèment

La joie et la graine aux champs ;

Les nids chantent, les cœurs aiment ;

Enfin, voici le printemps !

De ses entrailles fécondes,

D'où ressuscitent les morts,

La terre offre ses trésors
A l'étonnement des mondes !

Elle étale à tous les yeux
Ses prémices sans pareilles.
Et semble, par ses merveilles,
Vouloir défier les cieux !

Des bois, des monts, de la plaine,
C'est le baptême divin !
L'espérance est la marraine
Et le soleil le parrain.

Tout revient à la jeunesse.
Tout végète, tout se presse.
Tout s'émeut et rit d'espoir !
Le lac devient un miroir
Et, comme un enfant se mire,
Le soleil, avec délire,
Dans le cristal bleu s'admire.

Du matin jusques au soir.

Sur les arbres du bocage

On revoit le rossignol.

Logeant son nouveau ménage,

Sous les bourgeons du feuillage

Qui verdit en parasol.

Les papillons tourbillonnent

Sur les fleurs et dans les airs ;

Déjà les mouches bourdonnent.

Et les abeilles chantonnent...

La nature a ses concerts !

L'herbe tapisse la terre...

La brise adoucit sa voix...

Et l'étoile printanière.

Que l'on nomme primevère,

Annonce que le mystère

Va se retrouver aux bois.

Le réveil de la verdure

Est aussi celui des cœurs,

Car les hommes sont meilleurs,

Rapprochés de la nature.....

Enfin, voici le printemps !

Amours et laboureurs sèment

La joie et la graine aux champs ;

Les nids chantent, les cœurs aiment.....

Enfin, voici le printemps !

LE TOURTEREAU & L'HIRONDELLE

LE TOURTEREAU

ET L'HIRONDELLE

Sur un chêne séculaire
Un tourtereau solitaire.

Dans la mousse de son nid,
S'ennuyait... pauvre petit !

Quand l'amour battit de l'aile.

Pour annoncer le printemps.

Et voilà qu'une hirondelle
Passa sur l'herbe des champs.

Le tourtereau, plein de joie,

Dit : « C'est Dieu qui me l'envoie !

Je veux, lui livrant mon sort,

Ou son amour ou la mort ! »

Sans raisonner davantage,

Il la suit sous le feuillage

Malgré l'épine aux buissons,

Sur les flots malgré l'orage :

Le cœur a tant de courage !...

Cela dura deux saisons.

Mais, hélas ! il eut beau faire,

L'hirondelle est fort légère !...

Dès que l'automne s'en va,

La plus tendre fuit déjà !

L'amant, vaincu par l'absence,

Pleurait la nuit et le jour,

Car il perdait l'espérance.

Sans pouvoir perdre l'amour.

Et son chêne séculaire

Le vit mourir solitaire !...

Choisissez, tendres amants,

Des cœurs paisibles, constants,

Fidèles au même ombrage,

A leur nid, à leur ménage...

En voyage on perd son cœur :

Fuyez l'oiseau voyageur.

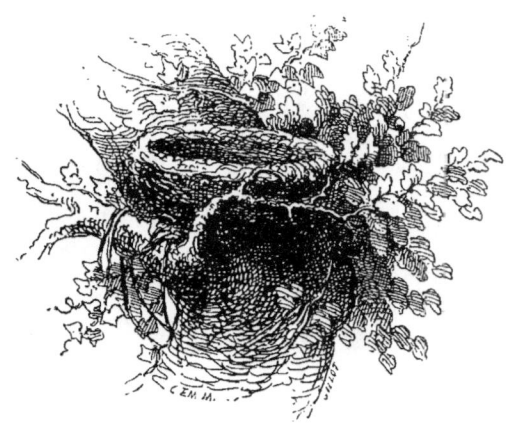

LE BLUET

LE BLUET

Ces bluets, nés du hasard,

Et qu'on foule sans égard

Dans les prés ou sur la rive ;

Moi, sans voir leurs bouquets bleus,

— Bouquets incompris ! — sur eux

Je passais inattentive !...

J'en suis bien triste aujourd'hui,

Puisque vous dites qu'en lui

Le bluet recèle une âme !

En brisant ces pauvres fleurs,

J'ai donc causé des douleurs
Et mérité votre blàme?...

Le bluet qui parle et rit,
Quand par vous il est décrit,
De l'esprit devient l'emblème,
Et vous me faites chérir
Ces fleurs où, sous le saphir,
Votre cœur met un poëme !

Oui, ces enfants des moissons,
De l'été sont les chansons ;
— Bonheur à qui les écoute ! —
Oui, Dieu les mit sous nos pas
Pour parler d'amour tout bas.
Ces gais amis de la route !

LA MORT DE SAPHO

LA MORT DE SAPHO

O vie ! ô terre ! ô cieux ! ô lumière funeste !

Les yeux du malheureux se ferment au soleil...

O nuit que je redoute... ô jour que je déteste !

J'aspire au long repos qui n'a pas de réveil !

Mon cœur, à chaque pas, est brisé dans ce monde.

Je lutte, mais en vain... et lentement je meurs.

27

Sans humecter ma lèvre à la source féconde
Qui sur d'autres mortels répand mille bonheurs.

O mort! quand viendras-tu? Pâle et resplendissante,
Immuable et sublime!... entr'ouvre-moi tes bras!
Ah! viens, soyons unis... Tu seras mon amante,
Et dans l'éternité s'enlaceront nos pas.

Doux rêve de mes jours! espoir qui me console!
Quand donc me coucherai-je en l'asile des morts?
Il faut bien, pour calmer une âme triste et folle,
Perdre enfin la pensée et refroidir son corps.

Toi qui des nuits sans fin es la reine et l'amie,
Seule, tu sais mes maux, tu comptes mes soupirs,
Et lorsque, pour chacun, tu n'es qu'une ennemie,
A moi ton blanc linceul promet les longs plaisirs.

Un repos éternel peut seul calmer mon âme;
Le plus cruel amour m'enchaîne, je le sens;

Nuit et jour il me brûle, hélas ! C'est une flamme
Dont tout mon corps frissonne et qui m'ôte les sens.

Esprit, raison, devoir, vertus ! le cœur qui souffre,
Par un immense amour tellement s'agrandit.
Qu'il sait vous engloutir dans son sein, tel qu'un gouffre
Qui se ferme à jamais sur ce qu'il a proscrit.

Adieu, terre !... reprends ma pénible existence :
Dans la nuit du tombeau j'ai hâte de dormir ;
J'ai perdu mon idole et vu fuir l'espérance,
Dieux ! ouvrez-moi le ciel, vallon du souvenir.

Vénus, je veux te voir, le front paré d'opales,
Dans l'océan du jour !... quand tes oiseaux captifs
Te guident à travers les brises matinales,
Sur les nuages blancs qui te servent d'esquifs.

Comme un rêve, passez, colombes immortelles !
Entraînez doucement votre rare trésor,

L'air palpite d'amour sous vos petites ailes,
Et l'azur se dévoile et s'illumine d'or.

Je veux voir voltiger, sur la nuée en neige,
Tous les amours des cieux... ceux-là, vrais et riants...
Et les heureux amants que l'avenir protége,
Beaux comme le bonheur, fleurs d'éternels printemps!

Désir qui me poursuis, par quel divin mystère
Puis-je croire un instant réaliser mes vœux?
Lorsque mon pied tremblant touche encore à la terre,
Je crois du front atteindre à la voûte des cieux!

La douce fiction m'enthousiasme, m'enivre,
A sa coupe je bois, je m'endors dans ses fleurs...
Quelques gouttes d'espoir ici-bas nous font vivre,
Et roses et pavots sèchent si bien nos pleurs!

Sapho dit. — Puis au vent son dernier vers expire...
Elle avance le corps... ses yeux fixent la mer;

Sa main de marbre blanc laisse échapper sa lyre...
Et les flots, tout à coup, semblent mus par l'enfer !

De leur sein soulevé s'élancent des sirènes...
Chaque flot porte en lui la lyre de Sapho...
Comme elle, il chante, il pleure, et. pour finir ses peines,
La Muse suit sa lyre... Un cri frappe l'écho !

TABLE

TABLE

PARIS. — J. CLAYE, IMPRIMEUR, RUE SAINT-BENOIT, 7.

12 FR. PAR AN — 2 NUMÉROS PAR MOIS

3

VOLUMES COMPLETS

MAGASIN

3

VOLUMES COMPLETS

D'ÉDUCATION ET DE RÉCRÉATION

— ENCYCLOPÉDIE DE L'ENFANCE ET DE LA JEUNESSE —

Par JEAN MACÉ et P.-J. STAHL

AVEC LA COLLABORATION DES PLUS GRANDS ÉCRIVAINS ET SAVANTS

Chaque volume est illustré de 220 dessins par nos meilleurs artistes.

LE VOLUME COMPLET, 6 FRANCS

Relié en toile, avec fers spéciaux, doré sur tranches, 8 fr. — Relié en demi-chagrin, plat toile, doré sur tranches, 10 fr. 25.

LES VOLUMES SE VENDENT SÉPARÉMENT

Les trois volumes, 18 fr. — Reliés, 24 fr.

ALPHABET

DE

MADEMOISELLE LILI

24 DESSINS A LA PLUME

PAR FRŒLICH

Imprimé en rouge et noir par SILBERMANN

UN VOLUME-ALBUM GRAND IN-8°

Prix : 3 fr. cartonné

SÉRIE DU PREMIER AGE

2

LA JOURNÉE

DE

MADEMOISELLE LILI

TEXTE PAR P.-J. STAHL

22 VIGNETTES PAR FRŒLICH

SÉRIE DU PREMIER AGE

« Mademoiselle Lili est grande comme ça .. »

CHARMANT VOLUME-ALBUM GRAND IN-8° VÉLIN

Tiré avec filets bleus.

Prix : cartonné à la Bradel, 3 fr.

RICHEMENT CARTONNÉ, AVEC PLAQUES SPÉCIALES, DORÉ SUR TRANCHES, 5 FR.

Ce délicieux petit ouvrage est publié en quatre langues : allemande,
anglaise, danoise, française, au même prix.

SÉRIE DU PREMIER AGE

MADEMOISELLE LILI

A LA CAMPAGNE

24 DESSINS A LA PLUME PAR L. FRŒLICH

Texte par P.-J. STAHL

GRAVURES PAR BURKNER DE DRESDEN

Un beau volume-album grand in-8° tiré en bistre par SILBERMANN

PRIX : 5 FR. CARTONNÉ

4

L'HISTOIRE DU GRAND ROI

COCOMBRINOS

ALBUM IN-8° DE

SILHOUETTES ENFANTINES PAR MICK NOEL

Prix : cartonné, 3 fr. — Série du premier âge.

LES MÉSAVENTURES

DU PETIT PAUL

ALBUM IN-8° DE

SILHOUETTES ENFANTINES PAR MICK NOEL

Prix : cartonné, 2 fr.

LA COMÉDIE ENFANTINE

OUVRAGE COURONNÉ PAR L'ACADÉMIE

Deux séries — pouvant se vendre séparément.

LA PREMIÈRE A L'USAGE DU PREMIER AGE — LA SECONDE A L'USAGE DU SECOND AGE

PAR LOUIS RATISBONNE

Illustrées de dessins et vignettes par FROMENT et GOBERT

LE PETIT CHIEN

Chacun de ces volumes, in-8° : broché, 10 fr.; relié, 14 fr.

LE PETIT MONDE

FABULETTES PAR CHARLES MARELLE

ILLUSTRÉES DE CENT CINQUANTE VIGNETTES

Un beau vol. in-8°. — Prix : broché, 6 fr. ; relié, 10 fr.

SÉRIE DU PREMIER AGE

LES BÉBÉS

UN VOLUME IN-8°

LES

BONS PETITS ENFANTS

UN VOLUME IN-8°

PAR LE COMTE F. DE GRAMONT

Vignettes par LUDWIG RICHTER et OSCAR PLETSCH

Chacun : broché, 6 fr.; relié, 10 fr. — Série du premier âge.

RÉCITS ENFANTINS

PAR

EUGÈNE MULLER

SÉRIE DU PREMIER AGE

Un beau volume in-8°. — 10 eaux-fortes de FLAMENG

PRIX : BROCHÉ, 6 FR. ; RELIÉ, 10 FR.

LA BOUILLIE

DE LA COMTESSE BERTHE

PAR ALEXANDRE DUMAS

Un joli volume in-18, illustré par BERTALL. — Prix : cartonné à l'anglaise, 3 fr.

CONTES

DE

PERRAULT-DORÉ

PRÉFACE DE P.-J. STAHL

40 GRANDES COMPOSITIONS DE GUSTAVE DORÉ

(5e ÉDITION)

ÉDITION MONUMENTALE, SUR PAPIER VÉLIN DU MARAIS

Imprimée par J. CLAYE en caractères du XVIIe siècle.

CARTONNÉE DORÉE A L'ANGLAISE, FERS SPÉCIAUX : 70 FR.

Ce volume ne se vend que relié; néanmoins on peut le livrer en feuilles à 60 francs
aux amateurs qui voudraient le faire relier eux-mêmes.

LOUIS DESNOYERS

SÉRIE DU SECOND AGE

NOUVELLE ÉDITION, ILLUSTRÉE PAR GIACOMELLI

Un beau volume in-8°

PRIX : BROCHE, 6 FR. ; RELIÉ, 10 FR.

11

LE NOUVEAU ROBINSON SUISSE

ÉDITION STAHL ET MULLER

REVUE ET MISE AU COURANT DE LA SCIENCE MODERNE

150 DESSINS par YAN' DARGENT. — (Série du second âge.)

UN BEAU VOLUME GRAND IN-8°

Prix : broc. 6 fr.; cart. doré, 8 fr. — Relié demi-chagrin et doré sur tranches, 10 fr.

LES AVENTURES D'UN PETIT PARISIEN

PAR ALFRED DE BRÉHAT

Illustrées par MORIN. — (Série du second âge.)

UN BEAU VOLUME GRAND IN-8°

Prix : broché, 6 fr. ; relié, 10 fr.

Ce livre est comme un autre *Robinson suisse.*

LE THÉATRE DU PETIT CHATEAU

UN VOLUME IN-8° ILLUSTRÉ PAR FROMENT

LES CONTES DU PETIT CHATEAU

UN VOLUME IN-8° ILLUSTRÉ PAR BERTALL

PAR JEAN MACÉ

(SÉRIE DU SECOND AGE)

CHACUN. — PRIX : BROCHÉ, 6 FR.; RELIÉ, 10 FR.

L'ARITHMÉTIQUE

DU GRAND PAPA

(HISTOIRE DE DEUX PETITS MARCHANDS DE POMMES)

PAR JEAN MACÉ

Illustrée de 54 dessins & vignettes par Yan' Dargent.

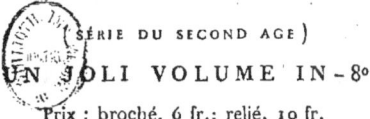

(SÉRIE DU SECOND AGE)

UN JOLI VOLUME IN-8°

Prix : broché, 6 fr.; relié, 10 fr.

TRÉSOR DES FÈVES

LE GÉNIE BONHOMME

HISTOIRE DU CHIEN DE BRISQUET

PAR CHARLES NODIER

Illustré des plus jolis bois qu'ait laissés TONY JOHANNOT.
IN-18. — PRIX : 2 FR.; RELIÉ, 3 FR.

AVENTURES

DE

TERRE ET DE MER

PAR MAYNE-REID

TRADUIT PAR E. ALLOUARD

Un beau volume in-18, illustré par RIOU. — Prix : 3 fr. 50; relié, 5 fr. 50

(SÉRIE DU SECOND AGE)

CINQ SEMAINES EN BALLON

PAR

JULES VERNE

ILLUSTRATIONS DE RIOU

3ᵉ SÉRIE. — JEUNES FILLES ET JEUNES GENS

Un beau volume in-8º. — Prix : broché, 6 fr. ; relié, 10 fr.

LA BELLE PETITE PRINCESSE ILSÉE

LE LIVRE DES JEUNES FILLES, PAR P.-J. STAHL

Illustré par Eugène Froment. — 3ᵉ série. — Jeunes Filles et Jeunes Gens.

Un magnifique volume-album grand in-8°, encadré de filets en couleurs.
PRIX : BROCHÉ, 5 FR.; CARTONNÉ RICHEMENT, 7 FR.

ÉDITION ENTIÈREMENT NOUVELLE

3ᵉ SÉRIE. — JEUNES FILLES ET JEUNES GENS

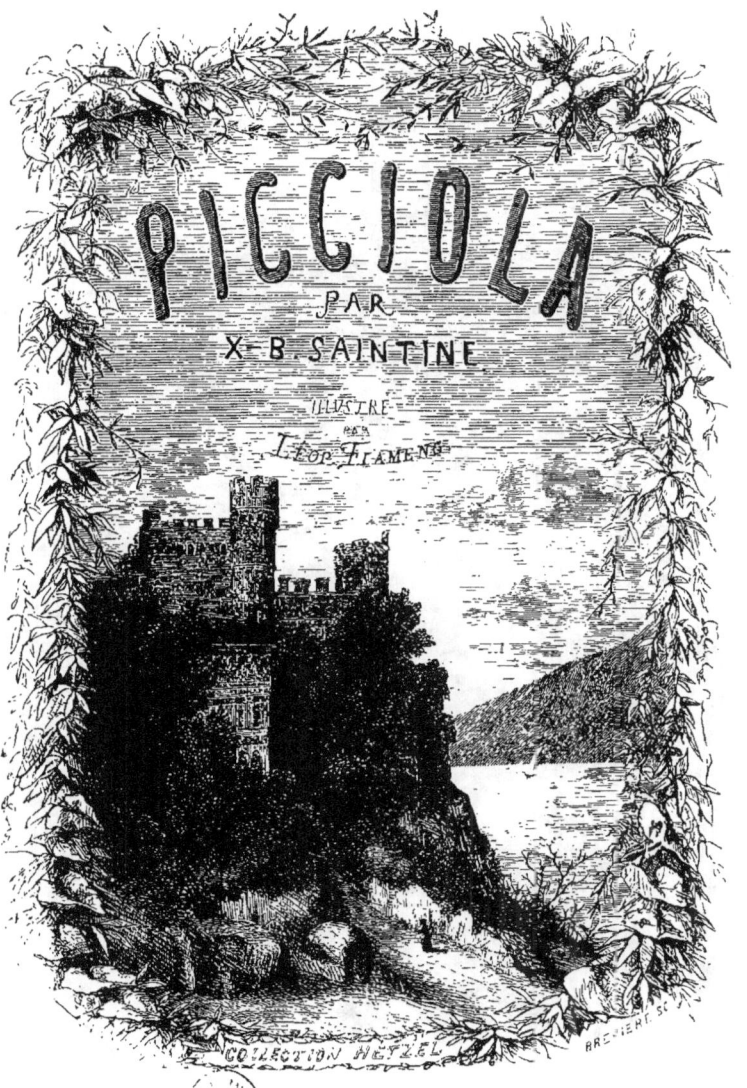

PICCIOLA

PAR

X.-B. SAINTINE

ILLUSTRÉ PAR

LÉOP. FLAMENG

COLLECTION HETZEL

40 EAUX-FORTES

Un beau volume in-8° sur vélin. — 6 fr. broché, 10 fr. relié.

Ce livre est arrivé à sa 39ᵉ édition. — Il est un des rares livres qui méritent
d'être considérés comme un des classiques de la jeunesse.

FABLES

PAR

LE COMTE ANATOLE DE SEGUR

ILLUSTRÉES PAR FRŒLICH

de 63 dessins & vignettes, dont 16 hors texte.

3e SÉRIE. — JEUNES FILLES ET JEUNES GENS

UN BEAU VOLUME IN-8º

Prix : broché, 6 fr. ; relié, 10 fr.

LES
FÉES DE LA FAMILLE

PAR Mme S. LOCKROY

Illustrées de 41 dessins & vignettes par DE DONCKER.

3e SÉRIE. — JEUNES FILLES ET JEUNES GENS

Un beau volume grand in-8. — Prix : broché, 6 fr. ; — relié, 12 fr.

LE
VICAIRE DE WAKEFIELD

TRADUCTION DE CHARLES NODIER

10 GRAVURES SUR ACIER

PAR

TONY JOHANNOT

Un beau volume in-8°. — Prix : broché, 6 fr. ; relié, 10 fr.

3ᵉ SÉRIE. — JEUNES FILLES ET JEUNES GENS

CONTES

DE

CHARLES NODIER

ILLUSTRÉS DE 10 GRAVURES SUR ACIER

CHEFS-D'ŒUVRE DE TONY JOHANNOT

Deux jolis volumes grand in-18. — Prix : brochés, 7 fr. ; séparément, 3 fr. 50.
Reliés, dorés, 5 fr. 50 le volume.

LA
TASSE A THÉ

PAR KAEMPFEN

ILLUSTRÉE PAR WORMS

3ᵉ SÉRIE. — JEUNES FILLES ET JEUNES GENS

Un volume in-8°. — Prix : broché, 6 fr.; relié, 10 fr.

(LE LIVRE DES MÈRES)

LES ENFANTS

PAR VICTOR HUGO

TROISIÈME SÉRIE — JEUNES FILLES ET JEUNES GENS

Cet admirable recueil, choisi dans l'œuvre de l'illustre poète,
se compose des plus exquises poésies dont l'enfance ait jamais été le sujet.

SUPERBE VOLUME GRAND IN-8° ILLUSTRÉ PAR FROMENT

PRIX : BROCHÉ, 10 FR.; RELIÉ, 15 FR.

HISTOIRE D'UNE BOUCHÉE DE PAIN

PAR JEAN MACÉ

ÉDITION IN-8° ILLUSTRÉE PAR FRŒLICH

4ᵉ SÉRIE. — JEUNES FILLES ET JEUNES GENS

Un beau volume in-8°. — Prix : broché, 6 fr.; relié, 10 fr.

HISTOIRE D'UNE CHANDELLE

PAR FARADAY

ANNOTÉE ET COMPLÉTÉE PAR HENRI SAINTE-CLAIR-DEVILLE

Un très-joli volume in-18. — 50 dessins par JULES DUVAUX. — Prix : 3 fr. 50.

LA PLANTE, PAR ED. GRIMARD

2 vol. in-18 avec vignettes. — Prix : brochés, 10 fr.; séparément, 5 fr.

LA VIE DES FLEURS

PAR EUGÈNE NOEL

Illustré de 141 dessins et vignettes par Yan' Dargent. — Préface par P.-J. Stahl.

Un beau volume in-8° : broché, 6 fr.; relié, 10 fr. — 4ᵉ série. — Jeunes Filles et jeunes Gens

HISTOIRE D'UN AQUARIUM ET DE SES HABITANTS

Par Ernest Van Bruyssel. — Broché, 6 fr.; relié, 10 fr.

BIBLIOTHÈQUE

ILLUSTRÉE

D'ÉDUCATION

ET

DE RÉCRÉATION

PAR

LES ÉCRIVAINS ET LES SAVANTS
LES PLUS AUTORISÉS EN MATIÈRE D'ÉDUCATION ET D'INSTRUCTION
A L'USAGE DE L'ENFANCE ET DE LA JEUNESSE

J. HETZEL, ÉDITEUR

Les directeurs de cette excellente et charmante Bibliothèque, sont, je crois, les premiers qui aient eu la bonne pensée de publier, à l'usage de *l'enfance et de la jeunesse*, des livres qui fussent à la fois des œuvres littéraires de premier ordre et des volumes d'une beauté et d'un goût irréprochables.

Les enfants sont singulièrement sensibles à tout ce qui est vraiment distingué, élégant, gracieux, et Fénelon a eu raison de dire que le beau sera toujours la route la plus sûre pour les conduire au bien. Si beaucoup d'ouvrages qui ont amusé notre enfance ne nous ont laissé qu'un souvenir peu flatteur, la faute en est autant peut-être à la forme qu'au fond, à l'impression sordide et aux images ridicules, sans être gaies, qu'à la pauvreté des idées et au peu d'intérêt des récits.

Aujourd'hui, ce ne sont plus seulement quelques volumes brillants inaugurant une collection, qui viennent en aide à l'embarras des familles, c'est une excellente Bibliothèque tout entière, composée lentement, patiemment, d'année en année, avec un soin et, on peut le dire aussi, une sûreté, une sévérité de goût et un savoir qui ne se sont jamais démentis.

Cette Bibliothèque se divise naturellement en deux séries : d'une part les ouvrages d'*éducation*, et d'autre part les livres de lecture amusante, ou, si l'on veut, de *récréation*.

Cette division n'a pourtant rien de rigoureux. Dans l'idée des directeurs, idée fort saine, l'instruction doit se faire autant que possible agréable, et l'amusement ne doit jamais aller sans profit moral ou intellectuel.

L'*Histoire d'une bouchée de pain*, par M. Jean MACÉ, est pour ainsi dire le type des ouvrages de la première catégorie, comme la *Comédie enfantine* de M. L. Ratisbonne et les *Contes* et le *Théâtre du Petit-Château* sont les types de ceux de la seconde. Nous n'avons pas à faire ici l'éloge de ces livres qui ont conquis tous les suffrages, non-seulement en France, mais en Europe. L'*Histoire d'une bouchée de pain*, pour être un livre plein d'esprit, de sens et de bonne humeur, n'en est pas moins un irréprochable traité de physiologie ; et les leçons de morale qui ressortent de chacune des historiettes et des fables de la *Comédie enfantine*, des *Contes* et du *Théâtre du Petit-Château*, ne les empêchent pas d'être, pour les enfants, une source de gaieté et de divertissement.

Ce que M. Macé fait pour les sciences naturelles, M. Jules VERNE le fait pour les études géologiques, astronomiques et géographiques. Après avoir résumé, dans *Cinq semaines en ballon*, les découvertes des plus hardis voyageurs modernes à travers les mystérieuses régions africaines, et donné, dans son *Voyage au centre de la terre*, paru récemment, et mené à fin avec un incroyable bonheur, l'exposition complète de ce qu'on sait de certain sur l'état intérieur du massif terrestre, il vient, dans un nouvel ouvrage : *De la terre à la lune*, de nous présenter l'histoire complète des rapports de notre globe avec son satellite. Rien de plus intéressant, de plus original, de plus émouvant que les récits étincelants dans lesquels il a encadré toutes ces données. La vérité des personnages et du dialogue, le pittoresque des descriptions et l'enchaînement naturel de tous les incidents animent ces voyages fictifs d'une vie singulière, qui fixe à jamais dans l'esprit les plus grands problèmes de la science. M. Jules Verne, qui est à la fois un vrai savant et un conteur plein de verve, est aussi un écrivain des plus distingués.

La collection de M. Hetzel s'était enrichie précédemment d'un autre ouvrage relatif aux sciences naturelles, *la Plante*, par M. GRIMARD, qui a, en quelque sorte, créé dans son livre la botanique sympathique. Il n'en est pas, en effet, qui, en faisant l'histoire de la plante, en présente mieux tous les côtés élevés et charmants et soit plus propre à la faire aimer sincèrement.

Nous ne pouvons tout citer, bien entendu ; mais on peut se référer au catalogue de la collection. Chacun des volumes qui la composent est dans son genre une œuvre d'un incontestable mérite. Les professeurs et les institutrices, aussi bien que les mères de famille, trouveront, dans chacun d'eux, de précieux auxiliaires.

Nous signalerons toutefois, entre tous, les *Lettres sur les révolutions du globe* de M. A. BERTRAND; *les Fondateurs de l'astronomie*, par M. Joseph BERTRAND, membre de l'Institut, un savant éminent qui est en chemin de créer, avec ces grandes études biographiques, un véritable Plutarque de la science, et aussi le joli volume intitulé : *Histoire naturelle et souvenirs de voyage*, causeries exquises et substantielles par M. ROULIN, aussi membre de l'Institut, livres classiques dès aujourd'hui. *Les Conseils à une mère sur l'éducation littéraire de ses enfants*, par M. A. SAYOUS, sont des conseils à la famille tout entière, et *les Tempêtes*, pittoresque traité de météorologie par MM. Zurcher et Margollé, instruiront et intéresseront tous les âges. Parmi les publications nouvelles, nous indiquerons l'*Histoire d'une chandelle*, par l'illustre chimiste Michel FARADAY, complétée et savamment annotée par M. Henri SAINTE-CLAIRE-DEVILLE (de l'Institut.) Ce livre, célèbre dans le monde entier, était inédit chez nous cependant. L'*Histoire d'une chandelle* sera bientôt, en France, pour la chimie, ce qu'y est devenue, dès son apparition, l'*Histoire d'une bouchée de pain* pour l'histoire naturelle de l'homme. La *Géographie physique*, du savant américain M. le commandant MAURY, récrite par lui spécialement pour la jeunesse française, et traduite par MM. Zurcher et Margollé, et enfin l'ouvrage *sur la Physionomie et les mouvements d'expression*, qu'a laissé en mourant l'éloquent et célèbre professeur de la Sorbonne, M. Pierre GRATIOLET, viennent de s'ajouter tout récemment aux richesses de cette Bibliothèque où l'on ne compte, on le voit, presque que des chefs-d'œuvre.

Qu'il nous soit permis d'insister sur la haute importance de ces acquisitions de l'année. L'approbation formelle que des savants si illustres donnent à cette œuvre pie, est un des bons signes du temps. C'est la preuve que les plus grands sentent le besoin de créer des générations fortes et dignes de résoudre les problèmes de l'avenir.

Dans les livres de la seconde série, livres illustrés, livres de luxe et d'étrennes, l'œuvre littéraire et l'œuvre d'art se combinent avec un rare bonheur. Plusieurs de ces éditions ont acquis une véritable célébrité bibliographique. La splendide édition in-folio des *Contes de Perrault* donnée par Stahl avec les admirables compositions de Gustave Doré, l'édition grand in-8° des *Enfants*, par M. Victor HUGO, illustrée par Froment, et de la *Princesse Ilsée*, de STAHL, resteront, à coup sûr, comme des monuments de la perfection de l'art typographique contemporain.

Le même renom attend les livres de l'année nouvelle : l'*Histoire d'un aquarium et de ses habitants*, par M. Van BRUYSSEL, livre aimable, spirituel et savant, tour de force d'impression en couleurs, où les connaisseurs trouveront avec étonnement de véritables aquarelles typographiques, par Silbermann de Strasbourg; *Mademoiselle Lili à la campagne*, délicieux album in-4°, par M. P. J. STAHL, enrichi de 24 gravures bistrées de Burckner, de Dresden, d'après Frœlich, surprises charmantes pour les nombreux amis de la célèbre Mlle Lili, dont M. Frœlich a, en outre, dans un autre charmant album, mis au jour le premier livre, livre fondamental de toute science : l'*Alphabet* tiré en rouge et en noir, à la mode anglaise! Ce sont ensuite les fameuses *Mésaventures de Jean-Paul Choppart*, de M. Louis DESNOYERS, avec des illustrations entièrement nouvelles de M. Giacomelli; *la Tasse à thé*, ravissant récit à l'usage des jeunes filles, par M. KŒMPFEN, illustré par Worms, une sœur du chef-d'œuvre de Xavier Saintine, de *Picciola*, qui est elle-même une des plus pures perles de l'écrin dont nous examinons les richesses; puis encore des éditions enfin illustrées de l'*Histoire d'une bouchée de pain*, de M. Jean Macé, de *Cinq semaines en ballon*, de M. Verne, et des *Aventures de terre et de mer*, par M. MAYNE-REID, sorte de Robinson de la mer, d'un intérêt saisissant.

Nous n'avons garde d'oublier les *Contes de Charles Nodier*, le *Vicaire de Wakefield*, traduit par le même, illustrés l'un et l'autre par les admirables eaux-fortes de Tony Johannot, et le beau recueil de *Fables*, bien faites, bien pensées, bien écrites, de M. A. de SÉGUR, — illustrations par M. Frœlich. Le recueil des plus beaux, des plus doux vers de Victor HUGO, de ceux qui n'ont rencontré nulle part de critique, réunis dans un admirable volume, sous ce beau titre : *les Enfants*, n'est-il pas le livre de toutes les mères comme cette radieuse, cette charmante *Petite princesse Ilsée*, de STAHL, est par excellence *le livre des jeunes filles*? Quant à notre ami le *Robinson suisse*, que vous aviez pu trouver un peu suranné dans ses anciennes traductions, rassurez-vous, il est entièrement refondu et mis au niveau de la science moderne par MM. Stahl et Müller. L'édition de Stahl et Müller est l'eau de Jouvence qui lui assure une jeunesse nouvelle.

Nous ne pouvons plus que rappeler rapidement une partie des volumes qui ont précédé ceux-ci : les *Contes* et le *Théâtre du Petit-Château*, où M. Jean Macé se montre aussi sûr moraliste, aussi brillant écrivain que savant ingénieux, et son *Arithmétique du grand-papa*, un des plus amusants livres élémentaires qu'on ait faits, et un des plus pratiques en même temps; les *Aventures d'un petit Parisien*, par M. A. de BRÉHAT, dont l'intérêt égale, pour le louer d'un seul mot, l'intérêt du *Robinson suisse*: les *Fées de la famille*, de M. A. LOCKROY; les *Récits enfantins* de M. E. MULLER, l'auteur de *la Mionnette*; *la Vie des fleurs*, ravissant livre de botanique pittoresque de M. E. NOEL; le *Petit Monde*, naïves et délicates poésies, par M. MABELLE; les *Bébés*, poésies de l'enfance, et *les Bons petits enfants*, par M. de GRAMONT, illustrés des chefs-d'œuvre de Richter et de Pletsch, etc., etc. Tous ces volumes, imprimés avec des soins particuliers sur beau papier, sont ornés avec une élégante profusion de dessins exquis par les artistes le plus en renom, et dignes aussi des jolies mains et des doux yeux auxquels ils sont destinés.

Nous en dirons autant, nous ne pourrons jamais en trop dire, du *Magasin d'éducation et de récréation*, ce guide, cet ami de la maison, dont MM. MACÉ et STAHL ont fait, ainsi que l'a dit un critique qui a ainsi loué deux œuvres à la fois, une *Revue des Deux Mondes* de l'enfance et de la jeunesse, c'est-à-dire cette chose qui paraissait impossible, un absolument bon recueil, à la fois très-littéraire, très-instructif et très-intéressant, à l'usage des enfants. Les trois volumes, dès aujourd'hui complets, imprimés par Claye sur beau papier du Marais, ne contiennent pas moins de vingt volumes in-18 et forment un cours admirable d'éducation, rehaussé par des illustrations dont la valeur d'art n'est au-dessous d'aucune comparaison. *Travaux scientifiques, études morales, voyages, contes, historiettes, scènes enfantines,* signés des noms de savants, d'artistes et d'écrivains les plus accrédités, tout ce qu'on peut offrir de meilleur et de plus sainement agréable à l'esprit et aux yeux des enfants se trouve réuni dans ce recueil que l'approbation universelle a dès à présent consacré. C'est pour les familles, c'est pour les institutions, c'est pour tous ceux qui ont le noble souci de l'éducation des générations nouvelles un aide incessant, une mine inépuisable de doux et bons enseignements, de lectures instructives, touchantes ou joyeuses, et de tableaux aussi charmants que variés. Ajoutons que toute cette science, cet art, ces belles et bonnes choses, ce plaisir durable et fructueux, coûtent tout juste le prix d'un de ces paquets de bonbons qui fondent si vite.

On peut voir, par cette énumération bien incomplète encore, que nous n'avons rien exagéré en disant que la *Bibliothèque d'éducation et de récréation* est une œuvre unique qu'on ne saurait trop louer, ni trop vivement recommander. Cette bibliothèque se divise en trois séries : Premier âge, — deuxième âge, — adolescence et jeunesse ; mais l'âge mûr trouvera plaisir et profit à ne dédaigner aucune de ses divisions. Si c'est un devoir pour tous ceux qui aiment la jeunesse et s'intéressent à son avenir d'en favoriser le succès, on peut dire aussi qu'il n'y a pas de devoir dont on soit plus heureux de s'acquitter. Disons, pour terminer, à l'éloge des *Bibliothèques scolaires*, qu'elles ont fait fête à la plupart des publications que nous venons de signaler.

G. L.

AVIS DES ÉDITEURS

N. B. Nous avons, sur le Catalogue, indiqué autant que possible, pour chaque ouvrage, l'âge auquel il convient le mieux. Ces divisions peuvent varier, il n'est pas besoin de le dire, suivant le degré d'intelligence des enfants.

STRASBOURG, TYPOGRAPHIE DE G. SILBERMANN.